Zu diesem Buch

Im Berlin der früheren zwanziger Jahre lebt in einer kleinen Pension eine Gruppe von russischen Emigranten. Jeder von ihnen wartet auf irgend etwas, auf ein unbestimmtes Glück, auf Liebe, auf Erfolg, auf Geld, auf das Visum für Frankreich, auf die Rückkehr nach Rußland. Alle aber sind sie gelähmt vom Heimweh, gelähmt von Hoffnungen, Sehnsüchten, Erinnerungen...

Vladimir Nabokov wurde am 23. April 1899 in St. Petersburg geboren. Nach der Oktober-Revolution emigrierte er mit seinen Angehörigen und studierte bis 1923 in Cambridge Slawistik, Romanistik und Entomologie. Von 1923 bis 1937 lebte er in Berlin, später in Paris, und schrieb in russischer Sprache Gedichte, Essays und erzählerische Prosatexte. 1940 ging Nabokov in die USA. Hier schrieb er Erzählungen und zahlreiche lepidopterologische Arbeiten – er war ein in Fachkreisen hochangesehener Schmetterlingsforscher.

Von Vladimir Nabokov erschienen außerdem: «Lolita» (rororo Nr. 635), «Verzweiflung» (rororo Nr. 1562), «Einladung zur Enthauptung» (rororo Nr. 1641), «Ada oder Das Verlangen» (rororo Nr. 4032), «Frühling in Fialta» (rororo Nr. 4975), «Die Mutprobe» (rororo Nr. 5107), «Durchsichtige Dinge» (rororo Nr. 5756), «Das Bastardzeichen» (rororo Nr. 5858), «Das wahre Leben des Sebastian Knight» (Rowohlt 1960), «Lushins Verteidigung» (Rowohlt 1961), «Fahles Feuer» (Rowohlt 1968), «Sieh doch die Harlekins!» (Rowohlt 1979), «Der schwere Rauch. Gesammelte Erzählungen» (Rowohlt 1983), «Sprich, Erinnerung, sprich» (Rowohlt 1984) und «Der Späher» (Rowohlt 1985).

In der Reihe «rowohlts monographien» erschien als Band 328 eine Darstellung Vladimir Nabokovs mit Selbstzeugnissen und Bilddokumenten von Donald E. Morton, die eine ausführliche Bibliographie enthält.

Vladimir Nabokov starb am 2. Juli 1977 in Montreux (Schweiz), wo er seine letzten achtzehn Lebensjahre verbracht hatte.

Vladimir Nabokov

Maschenka

Roman

Deutsch von
Klaus Birkenhauer

rororo
Rowohlt

Der deutschen Übersetzung liegt die
von Michael Glenny in Zusammenarbeit mit dem Autor
aus dem Russischen übersetzte englische Fassung zugrunde,
die erstmals 1970 unter dem Titel «Mary»
bei der McGraw-Hill Book Company,
New York und Toronto, erschien
Weitere Hinweise auf die Geschichte des Buches
im Vorwort des Autors
Umschlagentwurf Werner Rebhuhn
(Foto: H. Hoffmann / Ullstein-Bilderdienst)

15.–17. Tausend März 1987

Veröffentlicht im Rowohlt Taschenbuch Verlag GmbH,
Reinbek bei Hamburg, Oktober 1981

Gesamtherstellung Clausen & Bosse, Leck
Printed in Germany
780-ISBN 3 499 14817 x

Für Véra

Vorwort

Der russische Titel des vorliegenden Romans, *Maschenka*, ist eine sekundäre Verkleinerungsform von *Maria*, die sich gegen jede vernünftige Transliteration sperrt: der Akzent liegt auf der ersten Silbe, das ‹a› ist lang und das ‹n› muß palatalisiert werden wie in ‹Mignon›. Für die englische Ausgabe* suchte ich nach einem passenden Ersatz (*Mariette*? *May*?) und entschied mich schließlich für *Mary*; dieser Name schien der neutralen Schlichtheit des russischen Titel-Namens am besten zu entsprechen.

Maschenka ist mein erster Roman. Ich begann mit der Arbeit daran im Frühjahr 1925, kurz nach meiner Heirat, in Berlin. Gegen Anfang des folgenden Jahres war er fertig und wurde von einem Emigrantenverlag herausgebracht (Slovo, Berlin 1926); zwei Jahre später erschien eine deutsche Übersetzung (Ullstein, Berlin 1928)**, die ich nie gelesen habe. Im übrigen blieb das Buch fünfundvierzig Jahre unübersetzt, eine imponierende Zeitspanne.

Die wohlbekannte Neigung des schriftstellernden Anfängers, dem Leser sein Privatleben aufzudrängen und in seinem ersten Roman sich selbst oder einen Stellvertreter auftreten zu lassen, rührt weniger von der Anziehungskraft einer fertigen Handlung her, als vielmehr

* Auf Wunsch des Autors liegt dieser Übersetzung ins Deutsche die englische Fassung zugrunde. (Anm. d. Übers.)

** Unter dem Titel *Sie kommt – kommt sie* in der Reihe *Die gelben Ullstein-Bücher*. Sie trug zu der vorliegenden Übersetzung an einigen Stellen etwas Sprachkolorit der zwanziger Jahre bei. (Anm. d. Übers.)

von der Erleichterung, erst einmal sich selber loszuwerden, um dann zu Besserem fortzuschreiten. Das ist eine der sehr wenigen allgemeinen Regeln, die ich akzeptiere. Die Leser meines Buches *Speak, Memory** (mit dessen Niederschrift ich in den vierziger Jahren begann) werden sicherlich gewisse Ähnlichkeiten zwischen meinen und Ganins Erinnerungen bemerken. Seine Maschenka ist eine Zwillingsschwester meiner Tamara, da sind die ahnherrlichen Alleen, durch beide Bücher fließt die Oredesch, und das Foto des Roschdestweno-Hauses in seinem heutigen Zustand – sehr schön auf dem Umschlag der Penguin-Ausgabe von *Speak, Memory* (1969) – könnte sehr wohl ein Bild der Säulenveranda im ‹Woskresjensk› dieses Romans sein. Ich hatte keinen Blick in *Maschenka* geworfen, als ich ein Vierteljahrhundert später das Kapitel Zwölf meiner Autobiographie schrieb; und nun, da ich dies nachgeholt habe, bin ich fasziniert davon, daß trotz der darübergelegten Erfindungen (etwa des Faustkampfs mit dem Bauernrüpel oder der Glühwürmchen-Begegnung in der namenlosen Stadt) in der Romantisierung ein kräftigerer Extrakt persönlicher Realität enthalten ist als im skrupelhaft getreulichen Bericht des Autobiographen. Erst fragte ich mich, wie so etwas geschehen könne: wie das Beben und Duften die Zwänge der Handlung und das Bramarbasieren der erfundenen Gestalten (von denen zwei sogar, recht ungeschickt, in Maschenkas Briefen auftauchen) habe überdauern können, zumal ich nicht glauben mochte, daß eine schmissige Imitation imstande sein sollte, mit der schlichten

* Deutsch unter dem Titel *Andere Ufer*. Rowohlt, Reinbek bei Hamburg, 1964.

Wahrheit zu wetteifern. Doch die Antwort ist eigentlich sehr einfach: in Lebensjahren gerechnet war Ganin seiner Vergangenheit dreimal so nah wie ich der meinen in *Speak, Memory.*

Wegen der ungewöhnlichen Ferne von Rußland und weil einem das Heimweh ein ganzes Leben lang als verrückter Begleiter zur Seite bleibt und man sich daran gewöhnt hat, seine herzzerreißenden Absonderlichkeiten öffentlich zu erdulden, bekenne ich ungeniert, daß mir mein erstes Buch mit sentimentaler Inständigkeit am Herzen liegt. Seine Makel, allesamt Produkte von Unschuld und Unerfahrenheit, könnte jeder Kritikaster mit jokoser Leichtigkeit auflisten; für mich (den einzigen Richter bei der Verhandlung dieses Streitfalls) werden sie aufgewogen durch das Vorhandensein mehrerer Szenen (Genesung, Konzert in der Scheune, Bootsfahrt), die, wenn ich nur daran gedacht hätte, absolut unangetastet in das spätere Werk zu übertragen gewesen wären. Unter diesen Umständen war es mir gleich zu Beginn meiner Zusammenarbeit mit Michael Glenny klar, daß unsere englische Übersetzung dem Text so getreulich folgen müsse, wie ich es kategorisch gefordert hätte, wenn er nicht von mir gewesen wäre. An ein Aufpolieren in der sorglosen und willkürlichen Art, wie etwa bei der englischen Fassung von *König, Dame, Bube,* war hier nicht zu denken. Die einzigen Angleichungen, die ich für nötig hielt, beschränken sich auf kurze, inhaltliche Wendungen an drei oder vier Stellen, die auf russische Alltagsverhältnisse verweisen (absolut klar für russische Emigranten, aber unverständlich für andere Leser), sowie auf die Umstellung der jahreszeitlichen Daten aus Ganins julianischem Kalendersystem in das des allgemein gebräuchlichen gregorianischen Kalenders (‹sein› Ende Juli z. B. ist ‹unsere› zweite Augustwoche, usw.).

Ich möchte dieses Vorwort mit folgenden Warnungen beschließen. Als Antwort auf eine der Fragen von Allene Talmey in einem Interview für die Zeitschrift *Vogue* (1970) sagte ich: «Der beste Teil einer Schriftstellerbiographie ist nicht die Aufzeichnung seiner Lebensabenteuer, sondern die Geschichte seines Stils. Nur unter diesem Gesichtspunkt läßt sich – wenn überhaupt – die Beziehung zwischen meiner ersten weiblichen Hauptgestalt und meiner ‹jüngeren› Ada richtig einschätzen.» Ich kann auch gleich offen sagen, daß keine besteht. Die zweite Anmerkung betrifft eine falschmünzerische Glaubenslehre, die in manchen Kreisen noch immer zu Markte getragen wird. Ein Esel mag zwar argumentieren, ‹Orange› sei das Traum-Anagramm von ‹Organe›; trotzdem würde ich den Mitgliedern der Wiener Abordnung nicht empfehlen, ihre kostspielige Zeit auf die Analyse von Klaras Traum am Ende des vierten Kapitels zu verschwenden.

9. Januar 1970 Vladimir Nabokov

Gedenkend der Wirrungen früherer Jahre,
gedenkend einer früheren Liebe.
(Puschkin)

1

«Lew Glewo – Lew Glebowitsch? An so einem Namen, mein lieber Freund, kann man sich ja glatt die Zunge abbrechen.»
«In der Tat», bestätigte Ganin ziemlich kühl. Er versuchte, trotz der unerwarteten Finsternis das Gesicht seines Gesprächspartners auszumachen, und ärgerte sich über die absurde Situation, in die sie beide geraten waren, und daß er mit diesem fremden Menschen nun wohl reden mußte.
«Ich hab Sie nicht ohne Grund nach Ihrem Namen und Vatersnamen gefragt», fuhr die andere Stimme unbeirrt fort. «Ich glaube nämlich, daß jeder Name . . .»
«Soll ich nicht noch mal auf den Knopf drücken?» unterbrach ihn Ganin.
«Bitte sehr. Nur fürchte ich, das hilft nicht viel. Also wie gesagt, jeder Name bringt gewisse Verpflichtungen mit sich. Und Lew und Gleb, das ist ein seltener Zusammenschluß, der hohe Ansprüche stellt. Er besagt, daß Sie präzis, entschlossen und ziemlich exzentrisch sein müßten. Mein Name ist da viel bescheidener, und meine Frau heißt sogar schlicht und einfach Maria. Aber dabei fällt mir ein, daß ich mich ja noch vorstellen muß: Alexej Iwanowitsch Alferoff. Verzeihung, ich glaube, ich hab Ihnen eben auf den Fuß getreten . . .»
«Sehr angenehm», sagte Ganin und tastete in der Finsternis nach der Hand, die gegen seinen Ärmel gestoßen hatte. «Was meinen Sie – ob wir hier noch lange steckenbleiben? Es wird langsam Zeit, daß jemand etwas unternimmt, zum Teufel noch mal!»
«Setzen wir uns doch auf die Bank und warten ab.» Die

lästige, gutgelaunte Stimme erscholl jetzt dicht über seinem Ohr. «Gestern, bei meiner Ankunft, sind wir auf dem Korridor beinah zusammengestoßen. Und als ich abends hörte, wie Sie sich im Zimmer nebenan räusperten, habe ich nur nach dem Klang des Hustens gleich gewußt, Sie sind ein Landsmann! Sagen Sie, wohnen Sie hier schon lange?»

«Eine Ewigkeit. Hätten Sie ein Streichholz für mich?»

«Nein, ich bin Nichtraucher. Ein ziemlich schmieriges Haus, nicht wahr? – aber immerhin eine russische Pension. Trotzdem bin ich zur Zeit sehr glücklich: meine Frau kommt nämlich aus Rußland her. Vier Jahre getrennt, das ist kein Spaß. Jawohl. Doch jetzt dauert's nicht mehr lange. Heute ist schon Sonntag.»

«Verflixte Dunkelheit», brummte Ganin und knackte mit den Fingerknöcheln. «Wie spät es inzwischen wohl sein mag?»

Alferoff seufzte geräuschvoll, und seinem Mund entströmte der warme, abgestandene Geruch eines älteren Mannes, der nicht mehr von bester Gesundheit ist. Es liegt etwas Trauriges in solch einem Geruch.

«Jetzt dauert es nur noch sechs Tage. Ich vermute, daß sie Samstag eintrifft. Gestern kam noch ein Brief von ihr. Die Adresse hat sie sehr komisch geschrieben. Schade, daß es so dunkel ist, sonst würde ich's Ihnen zeigen. – Was tasten Sie da herum, mein Lieber? Diese kleinen Luftklappen kann man doch nicht aufmachen!»

«Ich hätte nicht übel Lust, sie einzuschlagen», sagte Ganin.

«Beruhigen Sie sich, Lew Glebowitsch, bitte. Sollten wir uns nicht lieber mit irgendeinem Gesellschaftsspiel unterhalten? Ich kenne ein paar ganz herrliche, die erfinde ich nämlich selber. Denken Sie sich zum Bei-

spiel eine zweistellige Zahl. Fertig?»
«Nichts für mich», sagte Ganin und schlug zweimal mit der Faust gegen die Wand.
«Der Portier liegt schon seit Stunden im Bett.» Alferoffs Stimme dröhnte immer weiter. «Ihr Klopfen hat also gar keinen Zweck.»
«Aber Sie müssen doch zugeben, daß wir hier nicht die ganze Nacht so herumhängen können!»
«Es scheint, als bliebe uns gar nichts anderes übrig. Meinen Sie nicht auch, Lew Glebowitsch, daß unsere Begegnung hier etwas Symbolisches hat? Solange wir die *terra firma* unter den Füßen hatten, kannten wir uns nicht. Und nun will es der Zufall, daß wir zur gleichen Zeit nach Hause kommen und zusammen diesen Kasten betreten. Nebenbei: der Fußboden wirkt erschrekkend dünn, und drunter ist nichts als ein schwarzer Schacht. Ja, also wie ich gerade sagte: Wortlos sind wir eingetreten, wir kannten uns immer noch nicht, schwebten schweigend in die Höhe, und dann plötzlich: Halt! Und Finsternis.»
«Was soll denn daran symbolisch sein?» fragte Ganin düster.
«Nun, die Tatsache, daß wir anhielten, bewegungslos, in dieser Finsternis. Und daß wir jetzt warten. Erst heute beim Mittagessen habe ich mit dem alten Herrn – wie heißt er doch gleich, der alte Schriftsteller? – ach ja, Podtjagin –, mit dem habe ich über den Sinn unseres Emigrantendaseins diskutiert, über dies ewige Warten. Während Sie ja wohl den ganzen Tag nicht im Hause waren, nicht wahr, Lew Glebowitsch?»
«Richtig. Ich war auf dem Lande.»
«Ach ja, der Frühling! Jetzt muß es draußen sehr angenehm sein.»

Alferoffs Stimme verflüchtigte sich ein paar Augenblikke, und als sie wieder einsetzte, hatte sie einen aufdringlich fröhlichen Schwung – wahrscheinlich, weil Alferoff jetzt lächelte.
«Sobald meine Frau hier ist, fahre ich auch mit ihr aufs Land. Sie schwärmt für Spaziergänge. Stimmt es eigentlich, was die Wirtin mir erzählt hat: daß Ihr Zimmer zum Samstag frei wird?»
«Stimmt», erwiderte Ganin kurz.
«Wollen Sie ganz aus Berlin weg?»
Ganin nickte, er hatte völlig vergessen, daß im Dunkeln Kopfnicken unsichtbar war. Alferoff rutschte auf der Bank hin und her, seufzte ein paarmal und begann, behutsam eine süßliche Melodie zu pfeifen, brach sie immer einmal ab und fing sie dann wieder von neuem an. Zehn Minuten gingen so vorbei, da knackte es plötzlich über ihnen.
«Das ist schon besser», sagte Ganin und lächelte.
Im selben Augenblick erstrahlte die Birne an der Dekke, und der surrend nach oben schwankende Käfig wurde von gelbem Licht überflutet. Alferoff blinzelte, als ob er eben aufgewacht wäre. Er trug einen alten, sandfarbenen, formlosen Mantel – einen sogenannten Übergangsmantel – und hielt einen steifen Hut in der Hand. Sein dünnes, helles Haar war leicht zerzaust, und irgend etwas an seinen Zügen ließ den Betrachter sofort an einen religiösen Öldruck denken: vielleicht das rotgoldene Bärtchen oder die Drehung des mageren Halses, von dem er einen buntgefleckten Schal abstreifte.
Mit einem Ruck krallte sich der Aufzug an die Schwelle des vierten Stocks und hielt.
«Ein Wunder», sagte Alferoff, grinste und öffnete die

Tür. «Ich dachte, jemand hätte den Knopf gedrückt und uns heraufgeholt, aber hier ist keine Seele. Bitte nach Ihnen, Lew Glebowitsch.»
Doch Ganin verzog nur ungeduldig das Gesicht, gab Alferoff einen leichten Schubs und ließ, sobald er ihm hinausgefolgt war, seinen Gefühlen freien Lauf, indem er die Eisentür dröhnend hinter sich ins Schloß warf. Noch nie zuvor war er so gereizt gewesen.
«Ein Wunder», wiederholte Alferoff. «Oben angekommen, und keine Menschenseele! Auch das ist symbolisch.»

2

Die Pension war ein russisches Unternehmen und ausgesprochen unangenehm. Unangenehm vor allem deshalb, weil dort den ganzen Tag und einen großen Teil der Nacht die Stadtbahnzüge vorbeilärmten und den Eindruck erweckten, als bewege sich das gesamte Gebäude langsam vorwärts. Die Diele, in der ein trüber Spiegel mit einer Handschuhablage hing und eine eichene Truhe so aufgestellt war, daß ihr kein Schienbein ohne Abschürfungen entgehen konnte, verengte sich zu einem kahlen, bedrückend schmalen Korridor. Auf jeder Seite lagen drei Zimmer, numeriert mit großen schwarzen Zahlen, die an den Türen klebten. Es waren einfach Blätter aus einem Kalender vom Vorjahr – die ersten sechs Tage des Monats April 1923. Der erste April – erste Tür links – war das Zimmer von Alferoff, im nächsten wohnte Ganin, und im dritten die Wirtin,

Lydia Nikolajewna Dorn, die Witwe eines deutschen Kaufmanns, der sie vor zwanzig Jahren aus Sarepta nach Berlin gebracht hatte und im vorigen Jahr an einer Hirnhautentzündung gestorben war. In den drei Zimmern auf der rechten Seite des Korridors – vom vierten bis sechsten April – wohnten Anton Sergejewitsch Podtjagin, ein alter russischer Dichter; Klara, ein vollbusiges Mädchen mit auffälligen, bläulich-braunen Augen; und schließlich im Zimmer Nummer sechs, vor der Biegung des Korridors, zwei Ballettänzer, Kolin und Gornozwetow, die nur zu gern jungmädchenhaft kicherten und beide mager waren, sich die Nasen puderten und muskulöse Oberschenkel hatten. Am Ende des ersten Teils des Korridors lag das Speisezimmer; ihm gegenüber hing an der Wand eine Lithographie des Abendmahls, und an der anderen Wand dräuten gelbe, geweihtragende Hirschschädel über einer zwiebelbäuchigen Kredenz. Darauf standen zwei Kristallvasen, die einstmals die saubersten Gegenstände in der ganzen Wohnung gewesen, aber jetzt unter einer flaumigen Staubschicht matt und trübe geworden waren.
Beim Speisezimmer angelangt, bog der Korridor im rechten Winkel nach rechts ab, und dort lauerten in tragischer, übelriechender Abgründigkeit die Küche, ein kleines Dienstmädchenzimmer, ein schmutziges Bad und eine enge Toilette, deren Tür durch zwei blutrote Nullen markiert war – ohne ihre rechtmäßigen Zehner, mit denen sie einst auf dem Pultkalender von Herrn Dorn zwei verschiedene Sonntage bezeichnet hatten.
Einen Monat nach dem Tode ihres Mannes hatte Lydia Nikolajewna, eine kleine, etwas schwerhörige Person, die zu einer gewissen Wunderlichkeit neigte, eine leere

Wohnung gemietet und in eine Pension verwandelt. Die Art und Weise, wie sie die wenigen ererbten Hausratgegenstände über die Zimmer verteilte, bewies allerdings eine einzigartige, geradezu gespenstische Erfindungsgabe. Sie verstreute einfach die Tische, Stühle, quietschenden Schränke und durchgesessenen Sofas auf alle Zimmer, die sie vermieten wollte. Und so voneinander getrennt, verloren die Möbelstücke sofort jeglichen Glanz und nahmen ein linkisches, niedergeschlagenes Aussehen an – wie die Knochen eines zerlegten Skeletts. Der Schreibtisch ihres verstorbenen Mannes, ein eichenes Ungetüm mit einem gußeisernen Tintenfaß in Gestalt einer Kröte, und mit einer Mittelschublade, die so tief war wie der Laderaum eines Schiffes, geriet in Zimmer eins, wo jetzt Alferoff wohnte, während der Drehstuhl, der ursprünglich passend zum Schreibtisch gekauft worden war, von diesem getrennt wurde und verwaist bei den Tänzern in Nummer sechs sein Leben fristete. Ein Paar grüner Sessel wurde ebenfalls auseinandergerissen: der eine schmachtete bei Ganin, und im anderen saßen die Wirtin selbst oder ihr alter Dackel, eine fette schwarze Hündin mit grauer Schnauze und Hängeohren, deren Enden so samtig waren wie der Saum von Schmetterlingsflügeln. Auf dem Bücherbrett in Klaras Zimmer prangten die ersten paar Bände eines Lexikons, während alle übrigen Podtjagin zugeteilt wurden. Klara hatte auch den einzigen anständigen Waschtisch mit Spiegel und Schubladen erwischt; in allen anderen Zimmern standen nur schlichte, niedrige Holzgestelle mit einer blechernen Waschschüssel und einer Wasserkanne aus demselben Material. Aber Betten hatte Frau Dorn wohl oder übel dazukaufen müssen, und das hatte sie sehr schmerzlich berührt – nicht etwa, weil sie geizig war, sondern weil sie beim Verteilen ihrer früheren Einrichtung eine köstliche Erregung empfunden hatte und ein Gefühl des Stolzes über ihre eigene Sparsamkeit. Doch nun, als Verwitwete, war ihr das Doppelbett zum Schlafen zu geräumig, und es ärgerte sie, daß sie es nicht in die nötige Zahl von Einzelteilen auseinandersägen konnte. Das Saubermachen der Zimmer besorgte sie mehr schlecht als recht selber, aber mit Mahlzeiten war sie nie zu Rande gekommen und hielt sich deshalb eine Köchin, die Heimsuchung der Wochenmärkte, ein riesiges, rothaariges Mannweib, das freitags einen knallroten Hut aufstülpte und in die nördlichen Stadtviertel abdampfte, um dort ihre fülligen Reize feilzubieten. Lydia Nikolajewna hatte Angst, ihre Küche zu betreten, und war auch sonst eine stille, furchtsame Person. Wenn sie mit ihren stumpfzehigen kleinen Füßen über den Korridor trippelte, hatten die Mieter nie das Gefühl, dies graue, stupsnasige Wesen sei ihre Wirtin, sondern betrachteten sie eher als eine zerstreute alte Frau, die aus Versehen in eine fremde Wohnung geraten war. Morgen für Morgen fegte sie eilig den Staub unter den Möbeln hervor und knickte dabei wie eine Flickenpuppe in sich zusammen; danach verschwand sie in ihrem Zimmer, dem kleinsten von allen. Dort las sie zerfledderte deutsche Bücher oder blätterte in den Papieren ihres verstorbenen Mannes, von denen sie keinen Deut begriff. Podtjagin war der einzige, der sie je in ihrem Zimmer besuchte; er streichelte dann die zutrauliche schwarze Dackeldame, kitzelte sie an den Ohren oder an der Warze auf der altersgrauen Schnauze und versuchte, sie zum Männchenmachen und zum Vorstrecken der krummen Pfote zu bewegen. Und er

erzählte Lydia Nikolajewna von seinen altersbedingten Schmerzen und Wehwehchen, und wie er sich jetzt schon seit sechs langen Monaten um ein Visum bemühte, damit er nach Paris kam, wo eine Nichte von ihm lebte und wo die langen, knusprigen Weißbrote und der Rotwein so billig waren. Die alte Dame nickte nur dazu, und gelegentlich fragte sie ihn über die anderen Mieter aus, besonders über Ganin, der nach ihrer Meinung so gar nichts mit den anderen jungen Leuten aus Rußland gemein hatte, die bisher in ihrer Pension abgestiegen waren. Nach dreimonatigem Hiersein traf Ganin nämlich gerade Vorbereitungen zur Abreise, und er hatte sogar erklärt, daß er am nächsten Samstag ausziehen wolle. Allerdings hatte er das schon mehrmals vorgehabt und es sich jedesmal wieder anders überlegt und die Abreise verschoben. Lydia Nikolajewna wußte aus den Erzählungen des liebenswürdigen alten Dichters, daß Ganin eine Freundin hatte. Da lag die Wurzel seiner Unentschlossenheit.
In letzter Zeit war Ganin lustlos und launisch geworden; noch vor kurzem konnte er, so gut wie ein japanischer Akrobat, auf den Händen laufen und dabei die Beine elegant wie ein Segel in die Höhe schwingen. Er konnte mit den Zähnen einen Stuhl hochheben und durch Anspannen des Bizeps eine Schnur zerreißen. Sein Körper brannte ständig darauf, irgend etwas zu tun – über einen Zaun zu springen, oder einen Pfahl zu entwurzeln, kurz: über die Stränge zu schlagen, wie wir in unserer Jugend zu sagen pflegten. Jetzt aber hatte irgend etwas in seinem Innern ausgehakt, er ging in gebückter Haltung einher und gestand sogar Podtjagin, daß er «wie ein nervöses Weibsbild» unter Schlaflosigkeit leide. Besonders schlecht schlief er in der Nacht

von Sonntag auf Montag – nach den zwanzig Minuten, die er in dem steckengebliebenen Aufzug mit dem überschwenglichen Herrn verbracht hatte. Und am Montagmorgen saß er lange nackt herum, preßte die kalten, ausgestreckten Hände zwischen die Knie und war hellauf entsetzt über den Gedanken, daß schon wieder ein neuer Tag begann, an dem er Hemd, Hose und Socken anziehen mußte, all diese gräßlichen, mit Schweiß und Schmutz durchtränkten Dinge, und er stellte sich einen Zirkuspudel in Menschenkleidern vor – welch ein entsetzlicher, bis zur Übelkeit kläglicher Anblick! Seine Trägheit rührte zum Teil sicher davon her, daß er gerade keine Arbeit hatte. Er mußte zur Zeit auch nicht unbedingt arbeiten, weil er sich im Winter eine gewisse Summe erspart hatte; aber davon waren jetzt nur noch rund zweihundert Mark übriggeblieben: die letzten drei Monate hatten ihn ziemlich viel gekostet.

Als er im vorigen Jahr nach Berlin gekommen war, hatte er sofort Arbeit gefunden und bis zum Januar mehrere verschiedene Tätigkeiten ausgeübt. Er hatte gelernt, was es bedeutet, im gelben Dunst des frühen Morgens in die Fabrik zu gehen; und er hatte gelernt, wie einem die Beine weh taten, nachdem man am Tag mit beladenem Tablett zehn kurvenreiche Kilometer zwischen den Tischen des russischen Restaurants *Pir Goroi* zurückgelegt hatte; und auch mit anderen Beschäftigungen war er vertraut geworden und hatte alle nur vorstellbaren Dinge in Kommission verkauft – Russisch Brot, Brillantine und nicht weniger als echte Brillanten. Nichts war unter seiner Würde; mehr als einmal hatte er sogar seinen eigenen Schatten verkauft, wie es so viele von uns tun. Mit anderen Worten: er fuhr in die Vorstadt hinaus, um dort als Filmstatist zu arbeiten – in einem Jahrmarktsschuppen, wo das Licht mit geheimnisvollem Zischen aus den riesigen Kristallinsen der Scheinwerfer hervorschoß, die wie Kanonen auf die Menge der Statisten gerichtet waren und sie zu leichenhafter Grellheit ausleuchteten. Sie feuerten eine Salve von mörderischer Helligkeit, die das farbige Wachs der erstarrten Gesichter beschien und dann plötzlich mit einem Klick erlosch; aber noch lange danach glühten in den kunstvollen Kristallen rote, ersterbende Sonnenuntergänge – unsere menschliche Scham. Das Geschäft war unter Dach und Fach, und unsere anonymen Schatten gingen hinaus in alle Welt.

Das verbleibende Geld reichte zwar, um Berlin zu verlassen, aber zuerst hätte er mit Ludmilla brechen müssen, und er wußte nicht, wie er das anstellen sollte. Und obwohl er sich diese Woche als Frist dafür gesetzt und der Wirtin erklärt hatte, daß er endlich entschlossen sei, am Samstag auszuziehen, spürte Ganin, daß weder diese Woche noch die nächste irgend etwas ändern würde. Unterdessen wuchs sein umgekehrtes Heimweh, die Sehnsucht nach einem neuen fremden Land, durch das Frühlingswetter immer heftiger. Sein Zimmerfenster ging auf die Eisenbahnschienen hinaus, so daß ihn der Reiz des Abreisenkönnens keinen Augenblick losließ. Alle fünf Minuten lief ein verhaltenes Dröhnen durch das Haus, dann wogte eine Rauchwolke vor seinem Fenster hoch und löschte das weiße Berliner Tageslicht aus, um langsam wieder zu verfließen, und enthüllte aufs neue den Fächer der Eisenbahngeleise, der in der Ferne immer schmaler wurde und sich zwischen den schwarzen, abgesäbelten Häuserrücken verlor, und dies unter einem Himmel so bleich wie Mandelmilch.

Ganin hätte sich wohler gefühlt, wenn er auf der anderen Seite des Korridors gewohnt hätte, in Podtjagins Zimmer oder in dem von Klara; dort gingen nämlich die Fenster auf eine ziemlich langweilige Straße hinaus, über die zwar eine Eisenbahnbrücke führte, die aber wenigstens keinen Blick in die bleiche, verführerische Weite erlaubte. Diese Eisenbahnbrücke war eine Fortsetzung des Schienenstrangs, den Ganin von seinem Fenster aus sah, und er konnte nie ganz das Gefühl abschütteln, daß jeder einzelne Zug unbemerkt mitten durch das Haus hindurchfahre. Da kam er, von dieser Seite her, sein gespenstisches Dröhnen ließ die Wand erzittern, er ratterte geradewegs über den alten Teppich, streifte ein Glas auf dem Waschtisch und verschwand schließlich mit frostigem Klirren durch das Fenster, und gleich darauf wogte vor der Scheibe eine Rauchwolke hoch, und sobald diese sich verzog, tauchte ein Stadtbahnzug auf, als habe das Haus ihn ausgespien: schmutzig olivfarbene Wagen mit einer Reihe schwarzer Hündinnenzitzen auf den Dächern, und eine stummelkurze Lokomotive, verkehrt herum angekoppelt, die energisch rückwärts fuhr und die Wagen hinter sich her in die weiße Ferne und zwischen dunkle Häusermauern zog, deren rußige Schwärze entweder fleckig abblätterte oder mit Fresken veralteter Reklame besprenkelt war. Man hatte den Eindruck, als bliese ständig ein eiserner Luftzug durch das Haus.
«Ah – wenn man wegfahren könnte!» murmelte Ganin, reckte sich lustlos und hielt sofort inne – was sollte er mit Ludmilla machen? Verrückt, was für ein Waschlappen er geworden war. Früher, als er noch auf den Händen lief oder über fünf Stühle wegsprang, früher hatte er seinen Willen nicht nur beherrscht, sondern

sogar damit gespielt. Es hatte Zeiten gegeben, als er ihn zum Beispiel dadurch stählte, daß er sich zwang, mitten in der Nacht aus dem Bett zu steigen, um auf die Straße hinunterzugehen und einen Zigarettenstummel in einen Briefkasten zu werfen. Und jetzt konnte er's nicht einmal über sich bringen, einer Frau zu sagen, daß er sie nicht mehr liebte. Vorgestern hatte sie fünf Stunden in seinem Zimmer verbracht; gestern war er mit ihr den ganzen Sonntag lang an den Seen außerhalb Berlins gewesen, nur weil er ihr diesen lächerlichen kleinen Ausflug nicht abschlagen konnte. Er fand jetzt alles an Ludmilla abstoßend: ihr gelbes, zum modischen Bubikopf geschnittenes Haar, die zwei Streifen nicht ausrasierter, dunkler Härchen im Nacken, die geschwärzten, schmachtenden Augenlider und vor allem ihre Lippen, die sie glänzend violett anmalte. Er fühlte sich gelangweilt und abgestoßen, wenn sie nach einer Runde mechanischer Rammelei beim Anziehen die Augen zusammenkniff, wodurch sie sofort ein unangenehm struppiges Aussehen annahmen, und sagte: «Weißt du, ich bin so empfindlich, daß ich es sofort merken würde, wenn du mich nicht mehr so liebst wie früher.» Ganin gab darauf keine Antwort, sondern wandte sich dem Fenster zu, hinter dem eine weiße Rauchwand hochstieg. Dann lachte sie prustend durch die Nase und rief ihn mit heiserem Flüstern zu sich: «Jetzt komm schon.» In solchen Augenblicken hätte er am liebsten die Hände gerungen, bis die Knöchel in köstlichem Schmerz knackten, und ihr gesagt: «Scher dich fort, Weib, auf Nimmerwiedersehen.» Statt dessen lächelte er und beugte sich zu ihr hinunter. Dann streifte sie mit ihren scharfen und deshalb fast künstlich wirkenden Fingernägeln über seine Brust, zog einen Schmollmund, klapperte mit den kohlschwarzen Wimpern und glaubte, ihm so ein verschmähtes kleines Mädchen oder eine kapriziöse Marquise vorzuspielen. Der Geruch ihrer Parfüms hatte, so fand er, irgend etwas Unsauberes, Abgestandenes, Bejahrtes an sich, obwohl sie selbst erst fünfundzwanzig war. Doch wenn er dann ihre heiße, kleine Stirn mit den Lippen berührte, vergaß sie alles – die Theaterspielerei, die sie wie ihre Parfümwolke überall hinter sich her schleppte, die Aufgesetztheit ihrer Kleinkinder-Sprache, ihrer erlesenen Empfindungen, ihrer Begeisterung für phantastische Orchideen oder für Poe oder Baudelaire, die sie nie gelesen hatte; sie vergaß ihren ganzen gekünstelten Charme, das modisch gebleichte Haar, den bräunlich-schwülen Gesichtspuder und die ferkelrosafarbenen Seidenstrümpfe, warf den Kopf in den Nacken und schmiegte ihren schwachen, armseligen, unbegehrten Leib ganz dicht an Ganin.

Und Ganin, gelangweilt und beschämt, spürte eine sinnlose Zärtlichkeit in sich aufwallen, einen traurigen Rest von Wärme, wo einst Liebe flüchtig vorbeigeglitten war, und so küßte er ohne Leidenschaft das lackierte Gummi ihrer dargebotenen Lippen. Doch auch diese Zärtlichkeit konnte die ruhige, höhnische Stimme nicht zum Schweigen bringen, die ihm riet: Versuch's jetzt sofort – schüttle sie ab!

Er seufzte, lächelte freundlich auf das ihm zugewandte Gesicht hinunter und wußte ihr nichts zu antworten, wenn sie seine Schultern umklammerte und sich, ganz ohne das übliche näselnde Flüstern, mit flatternder Stimme ein Herz faßte und ihn inbrünstig fragte: «Sag's mir, *bitte!* – liebst du mich?» Aber sobald sie seine Reaktion bemerkte – die vertraute Verdüsterung seiner

Miene, das unwillkürliche Stirnrunzeln –, besann sie sich darauf, daß es an ihr war, ihn zu bezaubern mit Poesie, Parfüm und Empfindsamkeit, und dann spielte sie sich gleich wieder auf, mal als armes, verschmähtes Mädchen und mal als durchtriebene Kurtisane. Und Ganin wurde wieder von Langeweile gepackt, er lief im Zimmer auf und ab, vom Fenster zur Tür und wieder zurück, unterdrückte sein Gähnen, bis ihm die Tränen in die Augen stiegen, während sie sich den Hut aufsetzte und ihn dabei heimlich im Spiegel beobachtete.

Klara, eine vollbusige und sehr behagliche junge Dame, die am liebsten schwarze Seide trug, wußte, daß ihre Freundin Ganin besuchte, und war jedesmal bedrückt und peinlich berührt, wenn Ludmilla ihr von ihrer Liebesaffäre erzählte. Klara vertrat die Ansicht, Gefühle dieser Art müßten zurückhaltender sein und bedürften weder glühender Augen noch schluchzender Geigen. Aber noch unerträglicher wurde es für sie, wenn ihre Freundin die Augen zusammenkniff, Zigarettenrauch durch die Nase blies und anfing, kaum erkaltete, gräßlich genaue Einzelheiten zu beschreiben; danach hatte Klara immer ungeheuerliche und beschämende Träume. Deshalb versuchte sie seit einiger Zeit, Ludmilla tunlichst zu meiden, weil sie Angst hatte, die Freundin werde ihr am Ende jene enormen, aber immer feiertäglichen Empfindungen verderben, die man zartfühlend als «Träumereien» bezeichnet. Sie liebte Ganins scharfe, ein wenig hochmütige Gesichtszüge; seine grauen Augen mit den helleren, pfeilförmigen Streifen, die von den ungewöhnlich großen Pupillen nach außen liefen; und seine dichten, sehr dunklen Brauen, die, wenn er nachdenklich war oder aufmerksam zuhörte, einen einzigen schwarzen Strich bildeten, sich dann aber wieder wie zarte Flügel entfalteten, sobald ein seltenes Lächeln für einen Augenblick seine schönen, glänzenden Zähne entblößte. Klara war von diesen gemeißelten Zügen so gefangengenommen, daß sie in seiner Gegenwart alle Gemütsruhe verlor, nicht aussprechen konnte, was sie sagen wollte, unaufhörlich über die kastanienbraunen Haarwellen strich, die ihre Ohren halb verdeckten, oder die schwarzen Seidenfalten über ihrem Busen zurechtzupfte, wobei sie die Unterlippe vorschob und ein Doppelkinn erkennen ließ. Allerdings sah sie Ganin nicht häufiger als einmal täglich am Mittagstisch, und nur ein einziges Mal hatte sie mit ihm und mit Ludmilla in der schmutzigen Kneipe zu Abend gegessen, wo er gewöhnlich sein Würstchen mit Sauerkraut oder sein kaltes Kotelett verzehrte. Beim Mittagessen im trostlosen Speisezimmer der Pension saß sie Ganin gegenüber, weil die Wirtin ihre Mieter ungefähr in der Reihenfolge ihrer Zimmer um den Tisch gruppiert hatte; so kam Klara zwischen Podtjagin und Gornozwetow und Ganin zwischen Alferoff und Kolin zu sitzen. Die spröde und melancholische, kleine schwarze Gestalt von Frau Dorn präsidierte, sehr fehl am Platze und auf verlorenem Posten, am Kopf der Tafel – zwischen den einander zugewandten Profilen der gepuderten, affektierten Tänzer, die mit hastigen, vogelartigen Gebärden auf sie einredeten. Doch sie fühlte sich durch ihre Schwerhörigkeit gehemmt und tat kaum den Mund auf, sondern wachte nur darüber, daß die riesige Erika die Teller und Schüsseln im richtigen Augenblick servierte und wieder abtrug. So flog denn nur ihre winzige, runzlige Hand immer wieder wie ein trockenes Blatt zum Klingelzug empor und

flatterte gleich, gelb und verblichen, zurück auf den Tisch.
Als Ganin am Montag gegen halb drei das Speisezimmer betrat, saßen die anderen bereits auf ihren Plätzen. Alferoff sah ihn zuerst, lächelte ihm zu und erhob sich ein wenig, aber Ganin reichte ihm nicht die Hand, sondern nickte nur schweigend, setzte sich neben ihn und wünschte im stillen seinen aufdringlichen Nachbarn zum Teufel. Podtjagin, ein ordentlich gekleideter, zurückhaltender alter Mann, der nicht speiste, sondern fraß, schlürfte geräuschvoll seine Suppe und hielt mit der linken Hand die in den Kragen gesteckte Serviette fest, damit sie nicht in seinen Teller fiel; er blickte Ganin kurz über die Gläser seines Kneifers an und machte sich dann mit einem unbestimmten Seufzer wieder ans Schlabbern. Ganin hatte ihm in einem Augenblick der Offenheit von seiner bedrückenden Liebesaffäre mit Ludmilla erzählt und bereute das jetzt. Kolin, sein Nachbar zur Linken, reichte ihm mit zitternder Vorsicht einen Teller Suppe und lächelte ihn dabei aus seinen seltsam verschleierten Augen so einschmeichelnd an, daß Ganin sich ganz unbehaglich fühlte. Unterdessen nahm zu seiner Rechten die ölige kleine Tenorstimme Alferoffs wieder ihr Schnattern auf und widersprach dem gegenübersitzenden Podtjagin:
«Sie kritisieren zu Unrecht, Anton Sergejewitsch. Dies ist ein hochkultiviertes Land. Gar nicht zu vergleichen mit unserem rückständigen Rußland.»
Podtjagin blinkte freundlich mit den Brillengläsern und wandte sich Ganin zu.
«Gratulieren Sie mir. Die Franzosen haben mir heute das Einreisevisum geschickt. Jetzt würd ich am liebsten das große Ordensband anlegen und Präsident Dou-

mergue meine Aufwartung machen.»
Seine Stimme war ungewöhnlich angenehm: ruhig, von gleichmäßiger Höhe, und weich und gedämpft im Klang. Das runde, glatte Gesicht mit dem kleinen grauen Spitzbart gleich unter der Unterlippe und sein fliehendes Kinn schienen von einer gleichmäßigen, rötlichen Sonnenbräune überzogen zu sein, und von den heiteren, klugen Augen liefen freundliche Runzeln aus. Im Profil ähnelte er einem großen, ergrauten Meerschweinchen.
«Das freut mich aber», sagte Ganin. «Wann geht die Reise los?»
Doch Alferoff ließ den alten Herrn nicht zu Wort kommen. Er zuckte, wie gewohnt, mit seinem mageren Hals, an dem goldene Härchen sprossen und ein großer Adamsapfel hin- und hersprang, und fuhr fort: «Ich rate Ihnen, hierzubleiben. Was haben Sie gegen dies Land? Hier ist doch alles ganz geradlinig. In Frankreich geht's im Zickzack, und bei uns in Rußland – ein wildes Trudeln. Mir gefällt es hier sehr gut: es gibt Arbeit, und auf den Straßen kann man unbelästigt spazierengehen. Ich werde Ihnen mit mathematischer Genauigkeit beweisen, daß man, wenn man schon irgendwo wohnen muß . . .»
«Aber ich hab's Ihnen doch erzählt», unterbrach ihn Podtjagin leise, «Berge von Papier, Karteikästen so groß wie Särge, und Akten, Akten ohne Ende! Die Regale brechen darunter fast zusammen. Und der Polizeibeamte ist an der Anstrengung, meinen Namen in den Akten zu finden, fast krepiert. Sie können sich überhaupt keine Vorstellung machen», bei dem Wort ‹Vorstellung› schüttelte Podtjagin langsam und traurig den Kopf, «was man alles durchstehen muß, nur um

dieses Land verlassen zu dürfen. Allein schon die Fragebögen, die ich ausfüllen mußte! Heute hoffte ich beinahe, sie würden mir das Ausreisevisum in den Paß stempeln. Aber nichts da. Zum Fotografieren haben sie mich geschickt, und die Bilder werden erst heute abend fertig.»
«Ganz wie es sich gehört», nickte Alferoff. «In einem ordentlichen Land muß es so zugehen. Hier gibt es kein russisches Chaos. Haben Sie zum Beispiel einmal darauf geachtet, was unten am Haupteingang steht? ‹Nur für Herrschaften.› Das ist bezeichnend. Ganz allgemein gesprochen kann man den Unterschied zwischen unserer Heimat und diesem Land so darstellen: denken Sie sich eine Kurve, und darauf . . .»
Ganin hörte nicht weiter zu und sagte zu Klara, die ihm gegenübersaß: «Ludmilla Borissowna hat mich gestern gebeten, Ihnen auszurichten, Sie möchten sie anrufen, sobald Sie vom Dienst zurück seien. Ich glaube, es ist wegen des Kinos.»
Klara dachte verlegen: wie kann er sie nur so beiläufig erwähnen? Er weiß doch, daß ich Bescheid weiß.
Anstandshalber fragte sie deshalb: «Ach, Sie haben sie gestern gesehen?»
Ganin runzelte verwundert die Stirn und aß weiter.
«Ich kann Ihre Geometrie nicht ganz verstehen», sagte Podtjagin und fegte sich dabei die Brotkrümel vorsichtig mit dem Messer in die hohle Hand. Wie die meisten alternden Dichter hatte er eine Vorliebe für die Logik des gesunden Menschenverstandes.
«Aber sehen Sie das denn nicht? Es ist doch ganz klar», rief Alferoff erregt. «Stellen Sie sich vor . . .»
«Ich verstehe es nicht», wiederholte Podtjagin entschieden, legte den Kopf ein wenig zurück und schütte-

te sich die gesammelten Krümel in den Mund. Alferoff breitete in einer Geste der Hilflosigkeit die Arme aus und stieß dabei Ganins Glas um.

«Oh. Entschuldigung.»

«Es war leer», sagte Ganin.

«Sie sind nun einmal kein Mathematiker, Anton Sergejewitsch», fuhr Alferoff pedantisch fort. «Aber ich habe mich mein ganzes Leben lang auf diesem Trapez durch die Luft geschwungen. Mitunter sagte ich zu meiner Frau: wenn ich Adam Riese bin, dann bist du Madam Rose.»

Gornozwetow und Kolin brachen in ein geziertes Gelächter aus; Frau Dorn zuckte zusammen und blickte erschreckt von einem zum andern.

«Kurz: eine Blume und eine Ziffer», sagte Ganin trokken. Nur Klara lächelte. Ganin schenkte sich Wasser ein, und alle sahen ihm dabei zu.

«Ja, Sie haben recht: eine höchst zerbrechliche Blume», sagte Alferoff gedehnt und richtete die glänzenden, zerstreuten Augen auf seinen Nachbarn. «Es ist einfach ein Wunder, wie sie diese sieben Schreckensjahre überstanden hat. Und ich bin sicher, daß sie hier blühend und heiter ankommen wird. Sie sind doch Dichter, Anton Sergejewitsch, *darüber* sollten Sie mal schreiben – wie die Weiblichkeit, die liebliche russische Weiblichkeit stärker ist als jede Revolution und alles überleben kann: Ungemach, Terror . . .»

Kolin flüsterte Ganin zu: «Da legt er schon wieder los – gestern war es genauso, er hat von nichts als von seiner Frau geredet.»

‹Welch ein ordinärer Kerl›, dachte Ganin und beobachtete Alferoffs hüpfenden Bart. ‹Ich wette, seine Frau betrügt ihn. Es wäre direkt eine Sünde, einem Mann wie

ihm nicht untreu zu sein.›
«Heute haben wir Hammelfleisch», verkündete plötzlich Lydia Nikolajewna mit hölzerner Stimme; sie hatte unzufrieden bemerkt, wie achtlos ihre Gäste den Braten verzehrten. Alferoff machte ihr aus irgendeinem Grund eine Verbeugung und fuhr fort: «Es ist ein Riesenfehler, wenn Sie dieses Thema nicht bearbeiten.» (Podtjagin schüttelte sanft, doch entschieden den Kopf.) «Sobald Sie meine Frau kennenlernen, werden Sie vielleicht begreifen, was ich meine. Sie hat übrigens viel für Poesie übrig. Mit Ihnen wird sie sich sicher gleich verstehen. Aber was ich Ihnen noch sagen wollte . . .»
Kolin beobachtete Alferoff aus den Augenwinkeln und schlug verstohlen den Takt zu seinen Worten. Gornozwetow sah seinem Freund auf die Hände und schüttelte sich vor unterdrücktem Lachen.
«Eins aber ist völlig klar», ratterte Alferoff weiter, «mit Rußland ist es aus und vorbei. Rußland ist weggewischt, so, als hätte jemand mit einem großen, nassen Schwamm eine Fratze von der Wandtafel gewischt.»
«Aber . . . aber», mahnte Ganin lächelnd.
«Das hören Sie wohl nicht gern, Lew Glebowitsch?»
«Stimmt, aber ich will Sie trotzdem dabei nicht stören, Alexej Iwanowitsch.»
«Heißt das etwa, daß Sie . . .»
«Aber meine Herren!» unterbrach sie Podtjagin mit seiner gleichmäßigen, etwas lispelnden Stimme: «Bitte, keine Politik! Wir müssen doch nicht über Politik reden!»
«Trotzdem hat Monsieur Alferoff unrecht», platzte Klara unerwartet heraus und strich sich energisch über die Frisur.

«Am Samstag kommt also Ihre Frau?» fragte Kolin mit Unschuldsmiene über den ganzen Tisch hinweg, und Gornozwetow kicherte in seine Serviette.
«Ja, am Samstag», antwortete Alferoff und schob seinen Teller mit den nicht gegessenen Hammelresten beiseite. Seine Augen verloren ihr kämpferisches Glitzern und erloschen zu einem Ausdruck der Nachdenklichkeit.
«Wissen Sie übrigens, Lydia Nikolajewna», sagte er, «daß Lew Glebowitsch und ich gestern im Aufzug steckengeblieben sind?»
«Birnenkompott», antwortete Frau Dorn.
Die Tänzer brachen in Gelächter aus. Erika begann mit dem Abräumen der Teller, wobei sie unsanft die Ellbogen der Mittagsgäste beiseite stieß. Ganin rollte sorgsam seine Serviette zusammen, zwängte sie in den Ring und erhob sich. Er aß nie Nachtisch.
‹Wie langweilig›, dachte er auf dem Weg zurück in sein Zimmer. ‹Was soll ich jetzt nur tun? Vielleicht spazierengehen.›
Dieser Tag zog sich, wie die vorangegangenen, träge dahin in einem schalen Nichtstun – bar sogar jener träumerischen Erwartung, die sonst den Müßiggang so verzaubern kann. Auf der faulen Haut zu liegen, verdroß ihn nun, aber er hatte wirklich nichts zu arbeiten. So schlug er denn den Kragen seines alten Regenmantels hoch, den er in Konstantinopel (der ersten Station seines Exils) für ein Pfund von einem englischen Leutnant gekauft hatte, schob die Fäuste tief in die Manteltaschen und bummelte gemächlich die blassen Aprilstraßen entlang, über denen die schwarzen Kuppeln der Regenschirme schwankend dahinschwammen. Im Schaufenster einer Dampfschiffahrtsgesellschaft be-

trachtete er lange ein herrliches Modell der ‹Mauretania› und die farbigen Schnüre, die auf einer großen Landkarte die Häfen zweier Kontinente verbanden. Ganz im Hintergrund hing die Fotografie eines tropischen Hains – schokoladenbraune Palmen vor einem beigefarbenen Himmel.

Dann saß er wohl eine Stunde auf einem Fensterplatz in einem Restaurant, trank Kaffee und beobachtete die Passanten. Als er wieder in seinem Zimmer war, versuchte er zu lesen, aber der Inhalt des Buches erschien ihm so fremdartig und unpassend, daß er es mitten in einem Nebensatz weglegte. Er war in jener Stimmung, die er ‹Zerstreuung des Willens› nannte; er saß reglos am Tisch und war außerstande, sich zu etwas zu entschließen: etwa eine andere Körperhaltung einzunehmen oder aufzustehen und sich die Hände zu waschen, oder das Fenster zu öffnen, hinter dem der trübe Tag bereits zu Zwielicht verdämmerte. Es war ein schrecklicher, quälender Zustand, der sehr jenem dumpfen Gefühl des Unbehagens ähnelte, das man beim Aufwachen empfindet, wenn die Augenlider sich einfach nicht öffnen wollen – als wären sie ein für allemal zugeklebt. Ganin spürte, wie das trübe Zwielicht, das allmählich ins Zimmer sickerte, langsam auch seinen Körper durchdrang und sein Blut in Nebel verwandelte, und daß es über seine Kräfte ging, den Bann zu brechen, den die Dämmerung über ihn warf.

Er war kraftlos, weil er keine präzisen Wünsche hatte, und dies quälte ihn, weil er vergeblich nach etwas Wünschbarem suchte. Er brachte es nicht einmal fertig, sich zu zwingen, die Hand auszustrecken und das Licht anzuschalten. Der einfache Schritt von der Absicht zur Aktivität erschien ihm wie ein unvorstellbares Wunder.

Nichts linderte diese Niedergeschlagenheit, seine Gedanken schlitterten ziellos umher, sein Herz schlug nur noch schwach, und die Wäsche klebte ihm unangenehm am Leibe. Einen Augenblick hatte er das Gefühl, er müsse sofort einen Brief an Ludmilla schreiben und ihr darin entschieden klarmachen, daß es an der Zeit sei, diese trübselige Affäre abzubrechen; und dann, im nächsten Augenblick fiel ihm ein, daß er ja heute abend mit ihr ins Kino gehen wollte und daß es irgendwie viel schwerer war, sie anzurufen und die heutige Verabredung abzusagen, als ihr einen Brief zu schreiben, und so brachte er weder das eine noch das andere zustande.
Wie oft hatte er sich schon geschworen, gleich morgen mit ihr zu brechen, und sich mühelos die passenden Worte dafür zusammengeklaubt, nur um kläglich zu scheitern, wenn er sich jenen letzten Augenblick vorzustellen versuchte, da er ihr die Hand drücken und das Zimmer verlassen würde. Diese eine Handlung, sich umzudrehen und wegzugehen, schien ganz undenkbar zu sein. Er gehörte zu denjenigen Menschen, die alles bekommen, was sie wirklich wollen, die etwas leisten und andere überflügeln; aber er war völlig unfähig, zu entsagen oder zu fliehen – was, wenn man's genauer betrachtet, ein und dasselbe ist. Ehrenhaftigkeit und Mitgefühl hielten ihn zurück und lähmten den Willen dieses Mannes, der sonst zu jeder schöpferischen Tat oder Anstrengung gerüstet war und sich gemeinhin an jede Aufgabe mit Ungeduld, Bereitwilligkeit und der freudigen Absicht heranmachte, nichts unversucht zu lassen und alles zu gewinnen.
Er wußte nicht, was für ein Anstoß von außen ihm die Kraft geben könnte, sein nun schon drei Monate dauerndes Verhältnis mit Ludmilla zu lösen; und wußte

nicht einmal, wessen es jetzt bedurfte, daß er sich endlich vom Stuhl erhob. Er war nur sehr kurze Zeit wirklich verliebt und in jener Geistesverfassung gewesen, die ihm Ludmilla in einem verführerischen Nebelkräuseln gezeigt hatte, im Zustand sehnsüchtiger, hochgestimmter, fast überirdischer Gefühle. Das war wie eine Musik, die gerade dann spielt, wenn man etwas ganz Alltägliches tut, etwa den Stuhl zurückschiebt und zum Büffet geht, um zu zahlen, und die dann selbst einer einfachen Bewegung etwas von Innen heraus Tänzerisches verleiht und sie in eine bedeutsame, unsterbliche Gebärde verwandelt.

Diese Musik verstummte in dem Augenblick, da sich Ludmilla ihm eines Abends auf dem rumpelnden Boden eines dunklen Taxis hingegeben hatte; mit einem Schlage war alles entsetzlich banal geworden – eine Frau, die ihren Hut zurechtrückte, der ihr in den Nakken gerutscht war, die Lichter, die am Wagenfenster vorbeiflirrten, und der Rücken des Fahrers, der wie ein schwarzer Berg hinter der Trennscheibe aufragte.

Jetzt war er verpflichtet, diese eine Nacht mit mühseliger Täuschung zu bezahlen, sie bis in alle Ewigkeit fortzusetzen und sich schlaff und willenlos ihrem schleichenden Schatten zu überlassen, der nun jeden Winkel des Zimmers durchdrang und die Möbel in wolkigen Dunst verwandelt hatte. Er stützte die Stirn in die Hand, streckte die Beine steif unter dem Tisch aus und versank in ein nebelhaftes Dösen.

Später dann, im Kino, war es brechend voll und heiß. Lange flimmerte nur farbige Reklame für Klaviere, Kleider und Parfüms geräuschlos über die Leinwand. Schließlich setzte das Orchester ein, und das Lichtspiel begann.

Ludmilla war ungewöhnlich gut gelaunt. Sie hatte Klara zum Mitkommen eingeladen, weil sie sehr wohl spürte, daß Klara zu Ganin hingezogen war, und weil sie ihr und sich selbst ein Vergnügen machen wollte, indem sie ihre Affäre und ihre Fähigkeit, sie geheimzuhalten, gleich stolz zur Schau stellte. Klara ihrerseits war bereitwillig mitgegangen, weil sie wußte, daß Ganin am Samstag abreisen wollte, und wunderte sich jetzt, daß Ludmilla entweder nichts davon zu ahnen schien oder absichtlich kein Wort sagte, um dann mit ihm zusammen wegzufahren.
Ganin saß zwischen den beiden und war irritiert, daß Ludmilla, wie die meisten Frauen von ihrem Typ, den ganzen Film hindurch von anderen Dingen sprach, sich ständig über Ganins Knie nach der Freundin hinüberbeugte und ihn jedesmal mit der kalten Dusche ihres peinlich vertrauten Parfümgeruchs besprühte. Und das war um so schlimmer, als der Film spannend und sehr gut gemacht war.
«Hören Sie mal, Ludmilla Borissowna», sagte Ganin schließlich, als er es nicht mehr aushielt, «jetzt lassen Sie doch die Tuschelei. Der Deutsche hinter mir wird schon langsam wütend.»
Sie warf ihm im Dunkeln einen schnellen Blick zu, lehnte sich zurück und schaute auf die hellerleuchtete Leinwand.
«Ich verstehe überhaupt nichts. Das ist doch purer Krampf.»
«Kein Wunder, daß Sie nichts verstehen», sagte Ganin, «Sie haben ja auch die ganze Zeit nur getuschelt.»
Auf der Leinwand bewegten sich strahlendhelle, graublaue Gestalten: Eine Primadonna, die einst in ihrem Leben unwillentlich einen Menschen getötet hatte, er-

innerte sich plötzlich daran, als sie in der Oper die Rolle einer Mörderin spielte. Sie verdrehte die unwahrscheinlich großen Augen und brach rücklings auf der Bühne zusammen. Langsam glitt der Zuschauerraum ins Blickfeld, das Publikum klatschte Beifall, in den Logen und im Parkett erhoben sich die Menschen in ekstatischer Begeisterung. Und plötzlich merkte Ganin, daß er da etwas sah, das ihm vage und entsetzenerregend bekannt war. Er entsann sich erschreckt der roh zusammengehämmerten Sitzreihen, der Logensessel und -brüstungen, die giftig lila gestrichen waren, und der trägen Arbeiter, die mühelos und gleichmütig – wie blaugekleidete Engel – hoch oben von einem Balken zum andern liefen oder die blendenden Mündungen der Jupiterlampen auf ein ganzes Heer von Russen richteten, die man in dieser riesigen Dekoration zusammengetrieben hatte und die sich filmen ließen, ohne vom Inhalt des Films die leiseste Ahnung zu haben. Ganin erinnerte sich an die jungen Männer in abgewetzten, aber hervorragend gutsitzenden Anzügen, an die Gesichter der Frauen, die mit violetter und gelber Schminke beschmiert waren, und an die harmlosesten der Flüchtlinge, die alten Männer und unansehnlichen Mädchen, die ganz weit nach hinten verbannt blieben und nur den Raum füllen mußten.
Auf der Leinwand hatte sich dieser kalte Schuppen jetzt in einen behaglichen Zuschauerraum verwandelt: Sackleinen wurde zu Samt, die Horde von Armenhäuslern zu einem Opernpublikum. Ganin strengte seine Augen aufs äußerste an, und da entdeckte er sich selbst mit einem durchdringenden Schaudern der Beschämung inmitten all dieser Menschen, die auf Befehl applaudierten, und ihm fiel ein, daß sie alle nach vorn hatten

blicken müssen, auf eine imaginäre Bühne, wo statt der Primadonna auf einem Gerüst zwischen Scheinwerfern nur ein dicker, rothaariger Mann in Hemdsärmeln stand, der bis zum Überschnappen Kommandos ins Sprachrohr brüllte.

Ganins Doppelgänger war nun ebenfalls aufgestanden und klatschte Beifall – da drüben, neben dem imposanten Herrn mit dem schwarzen Bart und dem Ordensband quer über der Hemdbrust. Wegen dieses Bartes und seiner gestärkten Hemden kam dieser Mann immer in die vorderste Reihe. In den Pausen aß er sein Butterbrot, und dann, nach der Aufnahme, zog er sich einen ärmlichen alten Mantel über den Frack und fuhr nach Hause, in ein entlegenes Viertel von Berlin, wo er in einer Druckerei als Setzer arbeitete.

Und in diesem Augenblick empfand Ganin nicht nur Scham, sondern auch die schnell vergehende Flüchtigkeit des menschlichen Lebens. Dort oben auf der Leinwand verschwamm jetzt sein hageres Ebenbild mit dem scharfen, aufblickenden Gesicht und den klatschenden Händen in ein graues Kaleidoskopgewimmel anderer Gestalten. Einen Augenblick später hatte auch der gesamte Zuschauerraum gedreht wie ein Schiff und war verschwunden, und jetzt erschien eine ältliche, weltberühmte Schauspielerin, die überaus kunstreich eine tote junge Frau darstellte. ‹Wir wissen nicht, was wir tun›, dachte Ganin angewidert. Er konnte den Film nicht mehr sehen.

Ludmilla tuschelte schon wieder mit Klara – über eine Schneiderin und über Kleiderstoffe. Die Handlung ging zu Ende, und Ganin war zum Sterben deprimiert. Als sie dann einige Minuten später zum Ausgang drängten, preßte Ludmilla sich dicht an ihn und flüster-

te: «Ich rufe dich morgen an, um zwei, Liebling ...»
Ganin und Klara begleiteten sie nach Hause und gingen dann zusammen in ihre Pension. Ganin schwieg, und Klara suchte mühsam nach einen Gesprächsstoff. «Wollen Sie uns wirklich am Samstag verlassen?» fragte sie.
«Ich weiß nicht. Ich weiß es einfach nicht», antwortete Ganin düster.
Auf dem ganzen Heimweg dachte er darüber nach, wie nun sein Schatten von Stadt zu Stadt und von Leinwand zu Leinwand wandern würde, ohne daß er je erfuhr, was für Menschen ihn sahen und wie lange er noch durch die Welt streifen mußte. Und als er im Bett lag und den Zügen lauschte, die durch dieses freudlose Haus rasten, in dem sieben verlorene Schatten aus Rußland wohnten, kam ihm das ganze Leben wie solch ein Stück Filmaufnahme vor, bei der die gleichgültigen Statisten nicht das mindeste von der Geschichte wußten, in der sie mitspielten.
Ganin konnte nicht schlafen. Er hatte ein nervöses Kribbeln in den Beinen, und das Kissen drückte und zwackte ihn überall am Kopf. Und dann, mitten in der Nacht, begann sein Nachbar Alferoff eine Melodie zu summen. Durch die dünne Wand war gut zu hören, wie er über den Boden schlurfte, mal näher kam, mal sich entfernte, und Ganin lag da und war wütend. Jedesmal wenn ein Zug vorbeiratterte, ging Alferoffs Stimme im Getöse unter, aber dann tauchte sie wieder auf: ta-ti-tamm, ta-ti, ta-ti-tamm.
Ganin hielt es nicht mehr aus. Er zog sich die Hose an, ging in den Korridor hinaus und hämmerte mit der Faust an die Tür von Nummer eins. Bei seinem Umherwandern war Alferoff zufällig gerade an der Tür ange-

langt und riß sie so unerwartet auf, daß Ganin überrascht zusammenzuckte.
«Bitte, kommen Sie doch herein, Lew Glebowitsch.»
Alferoff stand in Hemd und langer Unterhose da, sein blonder Bart war etwas zerzaust – wahrscheinlich weil er beim Liedersummen dauernd hineingeblasen hatte –, und seine blaßblauen Augen strahlten vor Glück.
«Sie singen die ganze Zeit», sagte Ganin und runzelte die Brauen, «und dabei kann ich nicht einschlafen.»
«Aber kommen Sie doch herein, ich bitte Sie! Bleiben Sie doch nicht zwischen Tür und Angel stehen», flehte Alexej Iwanowitsch unter viel Getue und legte ihm gutgemeint, aber ungeschickt den Arm um die Taille. «Verzeihen Sie mir bitte, wenn ich Ihnen auf die Nerven gegangen bin!»
Ganin kam nur widerstrebend ins Zimmer, das sehr wenige Möbel, dafür aber um so mehr Unordnung enthielt. Einer der beiden Küchenstühle war, statt vor dem Schreibtisch stehenzubleiben (dem eichenen Ungetüm mit dem Tintenfaß in Gestalt einer Kröte), offenbar auf den Waschtisch zugewandert, hatte jedoch auf halber Strecke haltgemacht, weil er anscheinend über den hochgeschlagenen Rand des grünen Teppichs gestolpert war. Der andere Stuhl, der neben dem Bett stand und als Nachttisch aushalf, war ganz unter einer schwarzen Jacke verschwunden, die sich so schwer und unförmig über ihn breitete, als sei sie vom Gipfel des Berges Ararat herabgefallen. Die hölzerne Steppe des Schreibtischs und das Bett waren mit zahllosen Blättern dünnen Papiers übersät, auf denen Ganin bei einem flüchtigen Blick Bleistiftzeichnungen von Rädern und Quadraten erkannte – Kritzeleien ohne die mindeste technische Genauigkeit, nur so zum Zeitvertreib. Alfe-

roff in seiner dicken Wollunterhose, die ja jeden Mann, und wäre er so wohlgestalt wie Adonis oder so elegant wie Beau Brummel, ganz außerordentlich unansehnlich macht, schritt schon wieder ruhelos im Chaos dieses Zimmers hin und her und schnippte mit dem Fingernagel gegen den grünen Glasschirm der Tischlampe oder gegen eine Stuhllehne.

«Ich bin sehr froh, daß Sie endlich einmal zu mir reinschauen», sagte er. «Ich konnte auch nicht einschlafen. Stellen Sie sich vor, am Samstag kommt meine Frau, und morgen ist schon Dienstag! Das arme Schätzchen, wenn ich mir nur vorstelle, was für Qualen sie in unserem vermaledeiten Rußland erlitten hat.»

Ganin, der mit finsterer Miene eine Schachaufgabe zu entziffern versuchte, die er auf einem der über das Bett gestreuten Blätter entdeckt hatte, blickte plötzlich hoch.

«Was sagten Sie gerade?»

«Sie kommt hierher», antwortete Alferoff und schnippte unternehmungslustig mit den Fingern.

«Nein, das meinte ich nicht. Was haben Sie gerade über Rußland gesagt?»

«Vermaledeit. Das stimmt doch, oder etwa nicht?»

«Ich weiß nicht. Ich fand nur das Beiwort kurios.»

«Also bitte, Lew Glebowitsch», sagte Alferoff und blieb plötzlich mitten im Zimmer stehen. «Sie könnten langsam aufhören, den Bolschewiken zu spielen. Das mögen ja Sie vielleicht interessant finden, aber glauben Sie mir, das ist eine Sünde und eine Schande. Es wird jetzt wirklich Zeit, daß wir alle freimütig eingestehen: Rußland ist erledigt, unser ‹heiliges› russisches Bauerntum hat sich, wie übrigens zu erwarten war, schlicht als graues Gesindel entpuppt, und unser Vaterland ist ein

für allemal am Ende.»
Ganin lachte auf. «Gewiß doch, Alexej Iwanowitsch, gewiß.»
Alferoff strich sich von oben nach unten über das glänzende Gesicht, und plötzlich lächelte er wieder breit und träumerisch: «Warum haben Sie eigentlich noch nicht geheiratet, alter Freund, na?»
«Mangel an Gelegenheit», antwortete Ganin. «Macht es Spaß?»
«Es ist herrlich. Meine Frau ist ganz entzückend. Brünett, wissen Sie, lebhafte Augen! Und noch sehr jung. Wir haben in Poltawa geheiratet, 1919, und 1920 mußte ich emigrieren. Ich hab ein paar Bilder von ihr im Schreibtisch, die muß ich Ihnen zeigen.» Er griff mit gekrümmten Fingern unter die breite Schublade und zog sie auf.
«Was haben Sie eigentlich damals beruflich gemacht, Alexej Iwanowitsch?» fragte Ganin ohne Neugier.
Alferoff schüttelte den Kopf. «Das weiß ich nicht mehr. Wie soll man sich erinnern, was man in einem früheren Leben war – vielleicht eine Auster, oder sagen wir, ein Vogel, oder womöglich Mathematiklehrer? Wissen Sie, unser damaliges Leben in Rußland ist mir so fern wie etwas, das vor Anbeginn der Zeiten geschehen ist, wie etwas Metaphysisches, oder vielmehr – wie heißt es, da gibt's noch ein anderes Wort – ach ja, wie eine Metempsychose.»
Ganin betrachtete ohne viel Interesse das Bild in der offenen Schublade: das Porträt einer wuschelköpfigen jungen Frau mit einem lustigen Mund voller großer Zähne. Alferoff beugte sich über seine Schulter. «Nein, das ist nicht meine Frau, das ist meine Schwester. An Typhus gestorben, in Kiew. Sie war ein reizendes Mäd-

chen, immer vergnügt, und ungeheuer fix beim Fangenspielen.»
Er zog ein anderes Bild hervor.
«Das hier ist Maschenka, meine Frau. Nur ein mäßiger Schnappschuß, aber trotzdem ziemlich ähnlich. Und hier ist noch ein Bild von ihr, in unserm Garten aufgenommen. Maschenka ist die da, auf dem Stuhl, die im weißen Kleid. Vier Jahre hab ich sie nicht mehr gesehen. Aber ich glaube nicht, daß sie sich sehr verändert hat. Und ich weiß wirklich nicht, wie ich es noch aushalten soll bis zum Samstag. Aber Moment, wo wollen Sie denn hin, Lew Glebowitsch? Bleiben Sie doch noch ein bißchen.»
Ganin hatte die Hände tief in die Hosentaschen geschoben und war auf dem Weg zur Tür.
«Lew Glebowitsch, was ist denn los? Habe ich etwas Falsches gesagt?»
Die Tür fiel ins Schloß. Alferoff stand, plötzlich wieder allein, mitten in seinem Zimmer.
«Also wirklich! Ein Benehmen!» murmelte er. «Was ist dem denn bloß über die Leber gelaufen?»

3

In dieser Nacht schleppte sich, wie jede Nacht, ein kleiner alter Mann, der einen schwarzen Umhang trug und seinen Knotenstock bei jedem Schritt fest in den Asphalt bohrte, dicht am Rinnstein die lange, menschenleere Straße entlang und suchte nach Zigarettenkippen – mit Gold-, Kork- oder schlichtem Papier-

mundstück – und nach abblätternden Zigarrenstummeln. Hin und wieder brauste, röhrend wie ein Hirsch, ein Auto vorbei, oder es geschah etwas, das kein Fußgänger in der Stadt je bemerkt: daß geschwinder als ein Gedanke und lautloser als eine Träne ein Stern vom Himmel fiel. Denn protziger und lustiger als die Sterne strahlten die feuerroten Leuchtbuchstaben, die einer nach dem andern über einem schwarzen Dach hervorsprudelten, im Gänsemarsch vorbeidefilierten und plötzlich in der Finsternis verschwanden.
«Ist das – tatsächlich – möglich?» fragten die Buchstaben in diskretem Neonflüsterton, doch dann fegte die Nacht sie mit einem samtigen Schlag davon. Und schon begannen sie aufs neue über den Himmel zu kriechen: «Ist das – tatsächlich –»
Und wieder brach Dunkelheit herein. Doch die Wörter flammten beharrlich noch einmal auf, und schließlich strahlten sie, statt jäh zu verschwinden, ganze fünf Minuten hintereinander, wie es die Werbeagentur und der Fabrikant ausgemacht hatten.
Allerdings: wer weiß denn schon, was da oben, im Dunkeln über den Häusern, wirklich aufflackert und erlischt, der leuchtende Name einer Ware oder der Abglanz eines menschlichen Gedankens; ein Zeichen, eine Aufforderung, eine Frage, die in den Himmel emporgeschleudert wird und von dort plötzlich eine wie Juwelen funkelnde, verzückte Antwort erhält?
Und über diese Straßen, die jetzt so breit sind wie glänzende schwarze Meere, zu dieser späten Stunde, da die letzte Kneipe längst zugemacht hat, läuft ein Mann aus Rußland, bar der Fesseln des Schlafs, hutlos und ohne Jacke unter dem alten Regenmantel, in hellseherischer Versunkenheit umher; zu dieser späten Stunde

zogen über diese breiten Straßen Welten, die einander vollkommen fremd waren: nicht mehr irgendein Nachtschwärmer, keine Frau, kein einfacher Passant, sondern jeder eine völlig abgeschlossene Welt, jeder eine Ganzheit aus Wundersamem und Bösem. Fünf Pferdedroschken standen hintereinander auf der Straße neben der riesigen Trommel eines Pissoirs: fünf schläfrige, warme, graue Welten in Kutscherlivreen, und fünf andere Welten auf schmerzenden Hufen, die schliefen und im Traum nur Hafer sahen, der mit leisem Knistern aus einem Sack strömte.

In Augenblicken wie diesem geschieht es, daß alles mythenhaft und unauslotbar tiefgründig wird und das Leben schrecklich und der Tod noch viel schrecklicher erscheint. Und dann, während man schnellen Schrittes durch die nächtliche Stadt dahineilt, durch Tränen nach den Lichtern blickt und in ihnen eine herrliche, blendende Erinnerung an vergangenes Glück sucht – ein Frauenantlitz, das nach vielen Jahren öden Vergessenseins wieder emportaucht –, wird man plötzlich in seinem wilden Voranjagen höflich von einem Fußgänger angehalten und gefragt, wie er wohl in die und die Straße gelangen könne, gefragt in einem ganz alltäglichen Ton, aber in einem Ton, den man niemals wieder hören wird.

4

Als er am Dienstag zu später Morgenstunde erwachte, spürte er ein Ziehen in den Waden. Er stemmte die Ellbogen aufs Kissen und seufzte ein paarmal, verdutzt

und erstaunt über die Seligkeit seiner Erinnerungen an die Geschehnisse dieser Nacht.
Der Morgenhimmel war mild und dunstig weiß. Die Fensterscheiben erbebten in geschäftigem Rattern.
Er sprang mit entschlossenem Schwung aus dem Bett und begann sich zu rasieren. Heute machte ihm das ein besonderes Vergnügen. Wer sich rasiert, wird jeden Morgen einen Tag jünger. Und Ganin hatte das Gefühl, daß er heute ganze neun Jahre jünger geworden war. Vom flockigen Seifenschaum erweicht, fielen die Stoppeln auf seiner straffen Haut mit gleichmäßigem Knakken der kleinen, stählernen Pflugschar des Rasierapparats anheim. Während des Rasierens bewegte Ganin immer wieder die Augenbrauen, und als er sich danach in der Badewanne aus dem Waschkrug mit kaltem Wasser übergoß, strahlte er vor Freude. Dann bürstete er sich das feuchte schwarze Haar, zog sich rasch an und verließ das Haus.
Außer den Tänzern, die meist erst gegen Mittag aufstanden, war vormittags gewöhnlich keiner der anderen Mieter in der Pension. Alferoff hatte sich zu einem Bekannten aufgemacht, mit dem er irgendein Geschäftsunternehmen gründen wollte, Podtjagin war zur Polizei gegangen, um erneut zu versuchen, sein Ausreisevisum zu bekommen, und Klara, die sich zum Dienst bereits verspätet hatte, stand an der nächsten Straßenecke, drückte eine Tüte mit Orangen an die Brust und wartete auf die Straßenbahn.
Ganin stieg sehr ruhig die Treppen zum ersten Stock eines ihm wohlbekannten Hauses hinauf und zog am Ring der Wohnungsklingel. Ein Dienstmädchen öffnete die Tür einen Spalt, ohne die Sicherheitskette aufzu-

haken, warf einen Blick auf ihn und sagte, Fräulein Rubanski schlafe noch.
«Das ist mir egal, ich muß sie sprechen», antwortete Ganin, schob die Hand durch den Türspalt und hakte selber die Kette auf.
Das Dienstmädchen, eine blasse, stämmige Person, gab Laute der Empörung von sich, doch Ganin blieb bei seiner Entschlossenheit, schob sie mit dem Ellbogen beiseite und schritt ins Halbdunkel des Korridors, wo er an eine der Türen klopfte.
«Wer ist da?» Ludmillas Stimme klang morgens ziemlich heiser.
«Ich. Mach auf!»
Sie trippelte auf bloßen Füßen durchs Zimmer, schloß die Tür auf und sprang, ohne Ganin auch nur anzublikken, sofort wieder zum Bett zurück und mit einem Satz unter die Decke. Nur ein Stückchen Ohr war zu sehen und verriet, daß sie vor sich hin lachte und auf Ganins Annäherung wartete.
Doch er machte mitten im Zimmer halt, blieb dort eine ganze Weile stehen und klimperte mit dem Kleingeld in den Taschen seines Regenmantels.
Ludmilla drehte sich plötzlich auf den Rücken und breitete lachend die dünnen, nackten Arme aus. Der Morgen stand ihr nicht gut zu Gesicht – es war blaß und gedunsen, und ihr gelbes Haar sträubte sich in alle Richtungen.
«Nun komm doch schon!» bettelte sie und schloß die Augen. Ganin hörte auf, mit dem Geld zu klimpern.
«Hör zu, Ludmilla», sagte er ruhig. Sie setzte sich und riß die Augen weit auf.
«Ist was passiert?»
Ganin starrte sie unverwandt an und antwortete: «Ja.

Es scheint, als wäre ich in eine andere Frau verliebt. Ich bin gekommen, um mich von dir zu verabschieden.»
Sie zwinkerte mit ihren schlafverklebten Wimpern und biß sich auf die Lippen.
«Das ist eigentlich schon alles», sagte Ganin. «Es tut mir ja leid, aber da ist wohl nichts mehr zu machen. Sagen wir uns also lieber gleich Lebewohl. Ich glaube, das wäre das beste.»
Ludmilla schlug die Hände vor die Augen und ließ sich mit dem Gesicht vornüber aufs Kissen fallen. Das himmelblau bezogene Federbett rutschte langsam zur Seite und hinunter auf den weißen Flauschteppich. Ganin hob es auf und zog es glatt. Dann ging er ein paarmal im Zimmer auf und nieder.
«Das Dienstmädchen wollte mich gar nicht reinlassen», sagte er.
Ludmilla hatte den Kopf im Kissen vergraben, als wäre sie tot.
«Sie war eigentlich immer ziemlich unfreundlich», sagte Ganin.
«Es wird langsam Zeit, die Heizungen abzustellen. Draußen ist Frühling», sagte er ein wenig später. Er ging von der Tür zu dem weißgerahmten Ankleidespiegel hinüber und setzte sich dort den Hut wieder auf.
Ludmilla bewegte sich immer noch nicht. Er blieb noch eine Weile stehen, sah sie schweigend an, räusperte sich vorsichtig, als hätte er einen Frosch im Hals, und verließ das Zimmer.
Er bemühte sich, ganz leise aufzutreten, lief schnell den langen Korridor hinunter und irrte sich in der Tür – als er sie aufstieß, war er plötzlich im Badezimmer, aus dem ihm sofort ein behaarter Arm und ein wahres

Löwengebrüll entgegenschlugen. Er machte auf dem Absatz kehrt, stieß noch einmal fast mit dem stämmigen, mürrischen Dienstmädchen zusammen, das in der Diele eine Bronzebüste abstaubte, und schritt zum letzten Male die flachen, steinernen Treppenstufen hinunter. Das riesige Flurfenster auf dem Treppenabsatz, das auf den Hinterhof hinausging, war weit geöffnet, und unten im Hof sang ein Wanderbariton aus voller Kehle auf deutsch ein russisches Wolgalied.

Und während Ganin dieser Stimme lauschte, die tremolierte, als ob sie der Frühling selber sei, und sich das Muster der bunten Bleiverglasung in dem geöffneten Fensterflügel ansah – es war ein Strauß quadratischer Rosen und das Rad eines Pfaus –, spürte er, daß er jetzt frei war.

Er schlenderte langsam durch die Straßen und rauchte dabei. Der Tag hatte etwas milchig Kühles; zerzauste weiße Wolken erhoben sich vor ihm in den blauen Lücken zwischen den Häusern. Er mußte immer an Rußland denken, wenn er schnellziehende Wolken sah, aber jetzt brauchte er keine Wolken zur Erinnerung; seit der vergangenen Nacht hatte er an nichts anderes mehr gedacht.

Die ergötzlich private Begebenheit, die ihm vorige Nacht zugestoßen war, hatte das ganze Kaleidoskop seines Lebens verschoben und die Vergangenheit zurückgebracht, auf daß sie ihn überwältige.

Er setzte sich in einem Park auf eine Bank, und sofort streckte sich sein behutsamer Begleiter, der ihn die ganze Zeit verfolgt hatte, sein grauer Frühlingsschatten, zu seinen Füßen aus und fing an zu sprechen.

Jetzt, da Ludmilla fort war, hatte er die Freiheit, ihm zuzuhören.

Vor neun Jahren, im Sommer 1915. Ein Landhaus, der Typhus. Es war erstaunlich angenehm, sich vom Typhus zu erholen. Man lag da wie auf Wellen von Luft; hin und wieder tat zwar die Milz noch weh, aber die eigens aus Petersburg herbeigeholte Krankenschwester rieb einem morgens, wenn der ganze Mund vom Schlaf noch klebrig war, mit einem portweingetränkten Wattebausch die pelzige Zunge ab. Die Krankenschwester war sehr klein, hatte eine weiche Brust und kurze, geschickte Hände und strömte einen feuchten, kühlen, altjüngferlichen Geruch aus. In ihre Rede flocht sie immer wieder volkstümliche Scherzworte ein, und die Brocken Japanisch, die ihr aus dem Krieg von 1904 im Gedächtnis geblieben waren. Ihr Bauerngesicht war nicht größer als eine Faust und pockennarbig, sie hatte eine winzige Nase und unter ihrer Schwesternhaube ragte nie auch nur ein einziges Haar hervor.
Man lag da wie auf Luft. Zur Linken wurde das Bett durch einen braungelben, aus Rohr geflochtenen Wandschirm mit schwungvollen Kurven gegen die Tür abgeschirmt. Ganz in der Nähe, rechts in der Ecke, stand der Ikonenschrein: schwärzlich-braungesichtige Heiligenbilder hinter Glas, Wachskerzen, ein Kreuz aus Korallen. Von den zwei Fenstern leuchtete das entferntere geradeaus vor ihm, und es war, als stieße das Kopfende des Bettes sich von der Wand ab und zielte mit dem Fußende und seinen Messingknäufen, die jeder eine Sonnenblase enthielten, direkt auf dieses Fenster; und jeden Augenblick konnte es losfahren und quer durchs Zimmer hinaus in den tiefen Julihimmel schweben, auf dem wollige weiße Wolken schräg nach oben zogen. Das zweite Fenster, an der rechten Wand, ging auf ein geneigtes blaßgrünes Dach hinaus – sein Schlaf-

zimmer lag im ersten Stock, und das Dach gehörte zu einem einstöckigen Seitenflügel, in dem sich die Gesindezimmer und die Küche befanden. Am Abend wurden die beiden Fenster von innen mit weißgestrichenen Holzläden verschlossen.

Die Tür hinter dem Wandschirm führte auf die Treppe, und etwas weiter, an derselben Wand, standen ein glänzender weißer Kachelofen und ein altmodischer Waschtisch mit Wasserbehälter und einem schnabelförmigen Wasserhahn: sobald man mit dem Fuß auf das Kupferpedal trat, spritzte aus dem Hahn eine dünne Fontäne. Links vom Vorderfenster stand eine Mahagoni-Kommode mit sehr fest sitzenden Schubfächern, und rechts eine kleine Ottomane.

Die Tapete war weiß mit einem bläulichen Rosenmuster. Mitunter hatte er sich, noch halb im Fieber, aus diesen Rosen menschliche Gesichter zurechtgemacht oder war mit den Augen hinauf- und heruntergewandert und hatte versucht, unterwegs mit dem Blick keine einzige Blume und kein einziges Blatt zu streifen, und tatsächlich fand er Lücken im Muster, zwängte sich dort hindurch, kehrte um, wenn er in einer Sackgasse gelandet war, und begann gleich aufs neue, das strahlendhelle Labyrinth zu durchwandern. Rechts neben dem Bett, zwischen Ikonenschrein und Seitenfenster, hingen zwei Bilder – eine gescheckte Katze, die aus einer Untertasse Milch schleckte, und ein Star, der aus Starenfedern zusammengesetzt war und über der Zeichnung eines Starenkastens kauerte. Daneben, dicht am Fensterrahmen, war eine Petroleumlampe befestigt, die sich vorzüglich darauf verstand, eine schwarze Rußzunge herauszustrecken. Es gab noch weitere Bilder im Zimmer: über der Kommode die Lithographie eines jungen Neapolitaners mit nackter Brust, und über dem Waschbecken die Bleistiftzeichung eines Pferdekopfes, der mit geblähten Nüstern im Wasser schwamm.

Den ganzen Tag über glitt das Bett immer wieder in den heißen, windigen Himmel hinaus, und wenn er sich aufrichtete, sah er die Wipfel der Linden, die von der Sonne vergoldet waren, Telefondrähte, auf denen sich Schwalben niedergelassen hatten, und jenen Teil des hölzernen Schutzdachs über der roten, sandigen Auffahrt, der zur Eingangsveranda führte. Wunderbare Laute drangen von draußen herein – Vogelgezwitscher, fernes Gebell, das Quietschen einer Wasserpumpe.

Er lag da und ließ sich treiben und überlegte, daß er nun bald aufstehen würde; Fliegen spielten in einer Sonnenpfütze, und vom Schoß der Mutter, die an seinem Bett saß, sprang ein Knäuel bunter Seide, als sei es lebendig geworden, hinunter und rollte sachte über das bernsteingelbe Parkett.

In diesem Zimmer, wo Ganin mit sechzehn vom Typhus gesundete, hatte er jenes Glück empfangen, das Bild jenes Mädchens, dem er einen Monat darauf in Wirklichkeit begegnen sollte. Alles hatte an seiner Erschaffung teilgehabt: die zartgetönten Lithographien an den Wänden, das Gezwitscher vor dem Fenster, das braune Antlitz des Christus im Ikonenschrein und sogar die winzige Fontäne des Waschtischs. Das knospende Bild wuchs und saugte den ganzen sonnigen Zauber des Zimmers in sich auf, ohne den es sicherlich nie herangereift wäre. Schließlich war es ja nichts weiter als eine jugendliche Vorahnung, ein köstlicher Nebel. Doch heute wollte es Ganin scheinen, als wäre solch eine Vorahnung noch nie so vollständig erfüllt worden.

Den ganzen Dienstag wanderte er von einem Park in den andern, von einem Café ins nächste, und seine Erinnerungen flogen die ganze Zeit vor ihm her wie die Aprilwolken im zarten Berliner Himmel. Die anderen Leute in den Cafés nahmen an, dieser Mann, der so unverwandt geradeaus starrte, müsse wohl unter einem tiefen Kummer leiden; auf der Straße stieß er zerstreut so manchen Passanten an, und einmal mußte unter heftigem Fluchen ein schnelles Auto scharf bremsen, um ihn nicht zu überfahren.
Er war ein Gott, der eine untergegangene Welt noch einmal erschuf. Stück für Stück ließ er diese Welt wieder auferstehen, und zwar einem Mädchen zuliebe, das er dort nicht eher hineinzusetzen wagte, als bis das Werk vollendet war. Doch das Bild von ihr, ihre Gegenwärtigkeit, der Schatten des Gedenkens an sie verlangten, daß er sie schließlich ebenfalls wieder zum Leben erweckte – und er schob ihr Bild absichtlich in den Hintergrund, weil er ihm ganz allmählich näher kommen wollte, Schritt für Schritt, genauso wie vor neun Jahren. Er hatte Angst, dabei einen Fehler zu machen und sich im strahlenden Labyrinth der Erinnerung zu verlieren, und so ließ er sein vergangenes Leben nur zögernd und behutsam wiedererstehen, kehrte zwar mitunter zu einer vergessenen Kleinigkeit zurück, eilte aber nie zu weit voraus. Und während er an diesem Frühlingsdienstag in Berlin umherwanderte, gesundete er aufs neue, spürte am eigenen Leib, wie es war, wenn man zum erstenmal das Bett verlassen durfte, und empfand noch einmal die Schwäche in den Beinen. Er betrachtete sich in jedem Spiegel. Seine Kleidung kam ihm ungewöhnlich sauber vor, merkwürdig weit und ein bißchen fremdartig. Er ging langsam die breite Allee

hinunter, die von der Gartenterrasse in die Tiefen des Parks führte. Hier und dort war das vom Blätterschatten purpurrot übergossene Erdreich zu Maulwurfshügeln aufgeworfen, die wie Haufen schwarzer Würmer aussahen. Er hatte eine weiße Hose und fliederfarbene Socken an und träumte davon, jemandem zu begegnen, ohne noch zu wissen, wer das sein würde.

Als er das Ende der Allee erreicht hatte, wo zwischen dem dunklen Grün der Tannennadeln eine weiße Bank leuchtete, drehte er um und erblickte jetzt, weit vor sich in einer Lücke zwischen den Linden, den orangeroten Sand der Gartenterrasse und die glitzernden Scheiben der Veranda.

Die Krankenschwester fuhr nach Petersburg zurück. Sie lehnte noch lange aus dem Wagen heraus und winkte mit ihrem kurzen Ärmchen, so sehr ihr der Wind auch den Brustkragen zauste. Im Haus war es kühl, nur hier und da zogen sich Sonnenschals über den Boden. Schon vierzehn Tage darauf radelte er bis zur Erschöpfung durch die Gegend und spielte abends mit dem Sohn des Schweizers russisches Kegeln. Und noch eine Woche später trat jenes Ereignis ein, das er erwartet hatte. ‹Wo ist das jetzt alles geblieben?› grübelte Ganin. ‹Wo ist jetzt das Glück, die Sonne, wo sind die dicken Holzkegel, die so hübsch zusammenfielen und gegeneinanderprallten, und wo mein Fahrrad mit der niedrigen Lenkstange und der großen Übersetzung? Gibt es nicht ein Naturgesetz, demzufolge nie etwas verlorengeht und die Materie unzerstörbar ist? Dann müßten die Splitter von meinen Kegeln und die Speichen meines Fahrrads bis zum heutigen Tage noch irgendwo existieren. Das Unglück ist nur, daß ich sie niemals wiederfinden werde – nie. Ich habe einmal etwas von der ‚ewigen

Wiederkehr' gelesen. Was aber, wenn diese komplizierte Patience ein zweites Mal nicht mehr aufgeht? Moment, es gibt da etwas, das ich nicht in den Griff bekomme . . . ach ja: dies alles wird doch gewiß nicht untergehen, wenn ich sterbe? Im Augenblick bin ich allein in einer fremden Stadt. Betrunken. Der Kopf dröhnt mir vom Bier und von den Cognacs. Ich bin nun wirklich genug herumgetrottet. Und wenn mir jetzt gleich das Herz bricht, zerplatzt dann damit auch meine ganze Welt? Das kann ich nicht begreifen.›

Er fand sich in dem winzigen Park auf demselben Platz wieder, aber inzwischen war es fröstelig kühl geworden, und der bleiche Himmel hatte sich in einem abendlichen Schwächeanfall verdüstert.

‹Vier Tage bleiben mir noch: Mittwoch, Donnerstag, Freitag, Samstag. Und jeden Augenblick könnte ich sterben.›

«Reiß dich zusammen», murmelte er plötzlich und runzelte die dunklen Brauen. «Das reicht jetzt. Es ist Zeit, nach Hause zu gehen.»

Als er zu Fuß hinaufging und auf dem Treppenabsatz der Pension ankam, traf er dort Alferoff, der in seinem weiten Mantel wie ein Buckliger aussah und vor Anspannung die Lippen geschürzt hatte, während er seinen Schlüssel in das Schlüsselloch des Aufzugs steckte.

«Ich geh runter eine Zeitung kaufen, Lew Glebowitsch. Wollen Sie nicht mitkommen?»

«Nein, danke», sagte Ganin und ging auf sein Zimmer zu.

Doch als er die Türklinke in der Hand spürte, hielt er inne. Ihn hatte plötzlich eine Versuchung überfallen. Er hörte, wie Alferoff in den Aufzug trat, hörte den Käfig mit seinem schwerfälligen, dumpfen Gerassel nach un-

ten fahren und hörte das Scheppern, als er dort aufstieß. ‹Der ist weg›, dachte er und biß sich auf die Lippen. ‹Zum Teufel, ich riskiere es ruhig!›
Aber das Schicksal wollte es, daß fünf Minuten später Klara bei Alferoff an die Tür klopfte, um zu fragen, ob er eine Briefmarke für sie hätte. Der gelbe Lichtschimmer hinter der Milchglasscheibe oben in der Tür legte die Vermutung nahe, daß Alferoff in seinem Zimmer sei.
«Alexej Iwanowitsch», begann Klara, indem sie gleichzeitig anklopfte und die Tür aufklinkte, «hätten Sie vielleicht . . .»
Sie stockte, völlig überrascht. Ganin stand am Schreibtisch und schob hastig die Schublade zu. Er blickte sich zu ihr um, ließ die Zähne aufblitzen, gab der Schublade noch einen Stoß mit der Hüfte und richtete sich auf.
«Ach du lieber Gott», murmelte Klara und ging rückwärts aus dem Zimmer.
Ganin schritt rasch hinter ihr her, knipste im Hinausgehen das Licht aus und warf die Tür ins Schloß. Klara lehnte im Halbdunkel des Korridors an der Wand, hatte die molligen Hände an die Schläfen gepreßt und starrte ihn entsetzt an.
«Ach du lieber Gott», wiederholte sie genauso leise wie vorher. «Wie konnten Sie . . .»
Mit langsamem Rumpeln und keuchend vor Anstrengung stieg der Aufzug wieder nach oben.
«Da kommt er zurück», flüsterte Ganin mit geheimnisvoller Miene.
«Oh, ich verrate Sie schon nicht», stieß Klara voll Bitterkeit hervor, ohne ihre feucht schimmernden Augen von ihm zu wenden. «Aber wie konnten Sie nur? Ihm geht es doch kein bißchen besser als Ihnen. Nein, nein,

das ist ja wie ein Alptraum.»
«Gehen wir in Ihr Zimmer», sagte Ganin lächelnd. «Da erklär ich's Ihnen, wenn Sie wollen.»
Sie löste sich von der Wand und führte ihn mit gesenktem Kopf ins Zimmer des fünften April. Es war warm dort und roch nach gutem Parfüm; an der Wand hing eine Reproduktion von Böcklins ‹Toteninsel›, und auf dem Tisch stand ein gerahmtes Foto – das stark retuschierte Gesicht von Ludmilla.
«Wir haben uns verkracht», sagte Ganin mit einem Nicken zu dem Bild hinüber. «Holen Sie mich bitte nicht mehr herein, wenn sie zu Ihnen auf Besuch kommt. Damit ist es jetzt vorbei.»
Klara setzte sich aufs Sofa, schob die Füße unter sich und hüllte sich in ihr schwarzes Tuch.
«Das ist doch alles Unsinn, Klara», fuhr er fort, als er neben ihr saß und sich auf seinen ausgestreckten Arm stützen konnte. «Sie glauben doch nicht im Ernst, daß ich ihm Geld stehlen wollte? Trotzdem wär es mir natürlich sehr unangenehm, wenn Alferoff erführe, daß ich in seinem Schreibtisch herumgekramt habe.»
«Aber was haben Sie denn dann getan? Was sonst gab es da schon zu suchen?» fragte Klara flüsternd. «Das hätte ich von Ihnen nicht erwartet, Lew Glebowitsch!»
«Wie komisch Sie sind», sagte Ganin. Ihm fiel auf, daß ihre großen, freundlichen, etwas vorquellenden Augen ein bißchen zu stark glänzten und ihre Schultern sich unter dem schwarzen Umschlagtuch allzu aufgeregt hoben und senkten.
«Jetzt beruhigen Sie sich schon!» Er lächelte. «Also gut, nehmen wir einmal an, ich wäre tatsächlich ein Dieb, ein Einbrecher. Ich frage mich nur, warum Sie das so aufregt?»

«Bitte, gehen Sie jetzt», sagte Klara leise und wandte den Kopf ab. Er lachte und zuckte die Achseln.

Als die Tür sich hinter ihm geschlossen hatte, brach Klara in Tränen aus, und sie weinte eine lange Zeit – rhythmisch wallten die schweren, glänzenden Tränen zwischen ihren Wimpern auf und rannen in langen Tropfen über die vom Schluchzen glühenden Wangen hinab.

«Der arme Kerl», murmelte sie. «So tief gesunken – bei diesem Leben. Und was kann ich ihm schon sagen?»

Aus dem Zimmer der Tänzer drang ein leises Klopfen an der Wand herüber. Klara putzte sich energisch die Nase und horchte. Das Klopfen wiederholte sich, samtig leise und frauenhaft – offenbar klopfte da Kolin. Dann brach Gelächter auf, und eine Stimme rief: «Alek, aber Alek, hör jetzt auf damit», und zwei Stimmen begannen gedämpft und vertraulich miteinander zu plaudern.

Klara dachte daran, daß sie morgen früh wie immer zum Dienst fahren und bis abends um sechs auf die Tasten einhämmern mußte, und wie sie dabei mit den Augen die lilafarbene Zeile verfolgte, die sich mit trokkenem Stakkato-Geratter über das Blatt ergoß, oder wie sie, wenn's nichts zu tun gab, das schamlos zerfledderte Buch aus der Leihbücherei gegen die schwarze Remington lehnen und darin lesen würde.

Sie kochte sich Tee, aß lustlos Abendbrot und zog sich dann erschöpft und sehr langsam aus. Als sie endlich im Bett lag, hörte sie Stimmen in Podtjagins Zimmer. Sie hörte jemanden hereinkommen und hinausgehen, und dann plötzlich die Stimme von Ganin, der unerwartet laut sprach, worauf Podtjagin leise und deprimiert antwortete. Ihr fiel ein, daß der alte Herr ja heute wieder nach seinem Paß herumgelaufen war, daß er ein schweres Herzleiden hatte und daß das Leben dahinschwand: am Freitag wurde sie schon sechsundzwanzig. Die Stimmen dröhnten immer weiter, und Klara schien es, als wohne sie in einem Haus aus Glas, das sich in Bewegung gesetzt hatte und schwankend davontrieb. Der Lärm der Stadtbahnzüge war zwar auf der anderen Seite des Korridors noch lauter, drang aber auch in ihr Zimmer, und ihr Bett schien sich vom Boden zu heben und zu taumeln. Einen Augenblick lang sah sie Ganin ganz deutlich vor sich, wie er, mit dem Rücken zu ihr, über den Schreibtisch gebeugt war, sich über die Schulter nach ihr umsah und seine schimmernden Zähne entblößte. Dann schlief sie ein und hatte einen unsinnigen Traum: sie saß anscheinend in der Straßenbahn, und zwar neben einer alten Frau, die ihrer Tante aus Lodz verblüffend ähnlich sah und die sehr hastig etwas auf deutsch zu ihr sagte; doch dann stellte sich allmählich heraus, daß es gar nicht ihre Tante war, sondern die fröhliche Marktfrau, bei der Klara auf dem Weg zum Dienst immer ihre Orangen kaufte.

5

An diesem Abend hatte Anton Sergejewitsch Besuch – einen alten Herrn mit einem sandfarbenen, englisch gestutzten Schnurrbart. Der Mann sah recht wohlhabend aus und war ausgesprochen elegant gekleidet, er trug einen Gehrock und gestreifte Hosen. Podtjagin bewirtete ihn gerade mit einer Maggi-Bouillon, als Ga-

nin hereinkam. Die Luft war blau von Zigarettenrauch.
«Herr Ganin – Herr Kunitzyn», sagte Anton Sergejewitsch unter schwerem Schnaufen. Er zwinkerte Ganin mit den Kneifergläsern zu und drückte ihn behutsam in einen Sessel.
«Ja, Lew Glebowitsch, das ist also mein alter Schulfreund, von dem ich immer abgeschrieben habe.»
Kunitzyn grinste. «Stimmt genau», sagte er mit einer tiefen, volltönenden Stimme. «Aber jetzt, lieber Anton Sergejewitsch, müssen Sie mir endlich sagen, wie spät es ist.»
«Noch früh am Tag. Zeit genug, um noch ein Weilchen sitzen zu bleiben.»
Kunitzyn stand auf und zog sich die Weste glatt. «Es geht aber nicht, meine Frau wartet zu Hause auf mich.»
«In dem Falle habe ich natürlich jedes Recht verwirkt, Sie länger aufzuhalten.» Anton Sergejewitsch breitete die Arme aus und warf seinem Gast durch den Kneifer einen Seitenblick zu. «Bitte, grüßen Sie Ihre Frau recht herzlich von mir. Ich hatte zwar noch nicht das Vergnügen, sie kennenzulernen, aber richten Sie ihr bitte trotzdem Grüße von mir aus.»
«Vielen Dank», sagte Kunitzyn. «Es war ein Vergnügen bei Ihnen. Alles Gute dann. Meinen Mantel hatte ich, glaube ich, in der Diele aufgehängt.»
«Ich geh noch mit zur Tür», sagte Podtjagin. «Entschuldigen Sie mich bitte, Lew Glebowitsch, ich bin gleich wieder da.»
Ganin setzte sich, alleingelassen, in dem alten grünen Sessel bequem zurecht und lächelte nachdenklich. Er hatte den alten Dichter aufgesucht, weil dieser wahrscheinlich als einziger seine verwirrte Geistesverfassung verstehen konnte. Er wollte ihm von vielen Din-

gen erzählen – von Sonnenuntergängen über einer russischen Landstraße, von Birkenhainen. Denn der alte Herr war immerhin derselbe Podtjagin, dessen Verse man immer noch unter kleinen Vignetten in den alten, gebundenen Zeitschriftenjahrgängen der ‹Illustrierten Welt› und der ‹Bilder-Rundschau› finden konnte.

Anton Sergejewitsch kehrte zurück und schüttelte traurig den Kopf. «Er hat mich beleidigt», sagte er, setzte sich an den Tisch und trommelte mit den Fingern auf die Platte. «Oh, was hat er mich beleidigt!»

«Was ist denn passiert?» fragte Ganin.

Anton Sergejewitsch nahm den Kneifer ab und putzte ihn mit einem Zipfel der Tischdecke.

«Er verachtet mich – das ist passiert. Wissen Sie, was er mir eben gerade gesagt hat? Er setzte sein kaltes, sarkastisches kleines Lächeln auf und sagte: ‹Sie haben Ihr ganzes Leben lang Verse gekritzelt, und ich habe kein Wort davon gelesen. Wenn ich sie gelesen hätte, wäre das nur eine Verschwendung von Zeit gewesen, in der ich arbeiten konnte.› Das hat er mir ins Gesicht gesagt, Lew Glebowitsch; und nun frage ich Sie: redet so ein vernünftiger Mensch?»

«Was tut er denn?» fragte Ganin.

«Weiß der Teufel. Er verdient viel Geld. Na ja. Wissen Sie, er ist ein Mensch, der . . .»

«Aber weshalb sind Sie dann beleidigt? Er hat eine bestimmte Begabung, Sie haben eine andere. Und Hand aufs Herz: Sie verachten ihn doch auch!»

«Ach, Lew Glebowitsch.» Podtjagin geriet jetzt in Erregung. «Hab ich nicht gute Gründe, ihn zu verachten? Aber das ist noch gar nicht das schlimmste; das schlimmste ist, daß solch ein Mensch es wagt, mir Geld anzubieten.»

Er öffnete die geballte Faust und warf einen zerknüllten Geldschein auf den Tisch.
«Und das allerschlimmste ist, daß ich es angenommen habe. Da, man sehe und staune – zwanzig Mark. Der Teufel soll sie holen!»
Der alte Herr schien am ganzen Leibe zu beben, sein Mund öffnete und schloß sich lautlos, der graue Kinnbart, fern der Unterlippe, zuckte wie selbständig, und seine dicken Finger trommelten auf die Tischplatte. Dann seufzte er mit einem schmerzlichen Pfeifton tief auf und schüttelte den Kopf.
«Peter Kunitzyn! Ja, ich erinnere mich noch gut. Er war unser Musterschüler, der Schuft. Und immer so pünktlich, er hatte schon eine Taschenuhr. Während der Unterrichtsstunden zeigte er uns mit hochgereckten Fingern, wie viele Minuten es noch bis zum Klingeln waren. Und zum Schulabschluß hat er eine Goldmedaille bekommen.»
«Es muß doch seltsam für Sie sein, sich an so etwas zu erinnern», sagte Ganin nachdenklich. «Und wenn ich's mir überlege: es ist eigentlich schon seltsam, wenn einem etwas Alltägliches wieder einfällt – obwohl es vielleicht auch nicht gar so alltäglich war – etwas, das erst vor ein paar Stunden geschehen ist.»
Podtjagin sah ihn aufmerksam und freundlich an. «Was ist denn los mit Ihnen, Lew Glebowitsch? Ihre Miene ist irgendwie strahlender geworden. Sind Sie wieder einmal verliebt? Ja, es ist schon seltsam, wie wir uns an Dinge erinnern. Aber Sie strahlen ja, daß es nur so seine Art hat!»
«Ich bin nicht ohne Grund zu Ihnen hereingekommen, Anton Sergejewitsch.»
«Und da hatte ich Ihnen nur Kunitzyn zu bieten! Neh-

men Sie ihn als abschreckendes Beispiel. Wie waren denn Sie in der Schule?»

«So einigermaßen», sagte Ganin und lächelte schon wieder. «Ich war auf der Balaschowschen Akademie in Petersburg, kennen Sie die?» fuhr er fort und nahm dabei Podtjagins Tonfall auf, wie es oft geschieht, wenn man mit einem alten Mann spricht. «Ich erinnere mich noch gut an den Schulhof. Da haben wir immer Fußball gespielt. Unter einem Mauerbogen war Feuerholz aufgeschichtet, und unser Ball schleuderte ab und zu ein Scheit davon herunter.»

«Wir haben lieber Schlagball gespielt, und natürlich Räuber und Kosak», sagte Podtjagin. «Und jetzt ist das Leben vorbei», fügte er unerwartet hinzu.

«Wissen Sie, Anton Sergejewitsch, mir sind heute die alten Zeitschriften wieder eingefallen, in denen Ihre Gedichte standen. Und die Birkenhaine.»

«Erinnern Sie sich wirklich daran?» Der Alte wandte sich ihm mit freundlicher Ironie zu. «Was war ich doch für ein Narr – um dieser Birken willen habe ich mein Leben vertan und ganz Rußland schlicht übersehen. Jetzt mache ich ja, Gott sei Dank, keine Gedichte mehr. Darüber bin ich weg. Ich schäme mich sogar, als Beruf ‹Dichter› angeben zu müssen, wenn ich ein Formular auszufüllen habe. Dabei fällt mir ein, daß ich heute wieder einmal alles verpatzt habe. Der Beamte war sogar beleidigt. Morgen muß ich noch einmal hin.»

Ganin sah auf seine Füße hinab und sagte: «Als ich in der Oberstufe war, glaubten meine Schulkameraden, ich hätte eine Geliebte. Und was für eine – eine Dame der Gesellschaft! Deshalb betrachteten sie mich voll Hochachtung. Und ich widersprach ihnen nicht, weil ich dies Gerücht selbst in Umlauf gesetzt hatte.»

«So, so.» Podtjagin nickte. «Sie hatten also schon immer etwas Listenreiches an sich, Ljowuschka. Das gefällt mir.»
«Dabei war ich in Wirklichkeit auf geradezu absurde Weise unberührt, und ich litt nicht einmal darunter. Ich war so stolz darauf wie auf ein ganz spezielles Geheimnis. Trotzdem glaubten alle, ich hätte viel Erfahrung. Allerdings: ich war ganz gewiß weder prüde noch schüchtern. Sondern einfach glücklich, so zu leben, wie ich es tat, und ruhig abzuwarten. Meine Schulkameraden dagegen, die dauernd unanständige Reden führten und nur beim Klang des Wortes ‹Weib› schon zu keuchen anfingen, waren alle so pickelig, so schmutzig und hatten schweißige Hände. Ich verachtete sie wegen ihrer Pickel. Und weil sie über ihre Liebesabenteuer die widerwärtigsten Lügengeschichten erzählten.»
«Ich muß gestehen», sagte Podtjagin mit seiner matten Stimme, «daß ich mit einem Zimmermädchen angefangen habe. Sie war so lieb und sanft und hatte graue Augen. Sie hieß Glascha. Ja, wie das eben so geht.»
«Nein, ich habe abgewartet», sagte Ganin leise. «Etwa vom Beginn der Pubertät bis sechzehn, drei Jahre lang. Als ich dreizehn war und wir einmal Verstecken spielten, geriet ich mit einem Altersgenossen zusammen in den Kleiderschrank. Dort in der Finsternis erzählte er mir, es gäbe fabelhafte Schönheiten, die sich für Geld ausziehen ließen. Ich verstand nicht recht, wie er sie nannte, und war der Meinung, sie hießen ‹Prinzsituierte›, eine Mischung aus ‹Prinzessin› und ‹gutsituiert›. Deshalb machte ich mir ein sehr zauberhaftes und geheimnisvolles Bild von ihnen. Doch dann begriff ich natürlich bald, wie sehr ich mich geirrt hatte, denn an jenen Frauen, die mit wiegenden Hüften den Newski-

Prospekt hinauf- und hinunterliefen und uns Gymnasiasten ‹Bleistifte› nannten, fand ich nichts Verlockendes. Und so ging erst nach drei Jahren stolzer Unberührtheit mein Warten zu Ende. Es geschah im Sommer, auf unserem Besitz auf dem Lande.»

«Ja, ja», sagte Podtjagin. «Ich kann's mir genau vorstellen. Nur ist es ein bißchen abgedroschen – sechzehn Lenze, Liebe im Grünen.»

Ganin sah ihn interessiert an. «Aber was könnte herrlicher sein, Anton Sergejewitsch?»

«Oh, ich weiß nicht, danach dürfen Sie nicht mich fragen, mein Lieber. Ich habe alles, was ich in mein Leben hätte stecken sollen, in meine Gedichte hineingelegt, und jetzt ist es zu spät, um noch einmal von vorn anzufangen. Im Augenblick geht mir nur ein Gedanke durch den Kopf: daß es, wenn man die Lebensbilanz zieht, wohl besser ist, von sanguinischem Temperament und ein Tatmensch gewesen zu sein; und wenn man sich schon betrinken will, sollte man's so gründlich tun, bis das ganze Lokal in Scherben liegt.»

«Auch das hat's gegeben», lächelte Ganin.

Podtjagin dachte eine Weile nach. «Sie haben vorhin von der russischen Landschaft gesprochen, Lew Glebowitsch. Und Sie, darauf rechne ich, können sie wahrscheinlich auch noch einmal wiedersehen. Aber ich muß meine alten Knochen hier lassen, oder wenn nicht hier, dann in Paris. Ich bin heute offenbar vollkommen aus dem Gleis. Entschuldigen Sie.»

Beide verstummten. Ein Stadtbahnzug fuhr vorbei. Weit, weit in der Ferne stieß eine Lokomotive einen wilden, untröstlichen Schrei aus. Vor dem kalten Blau der Nacht spiegelten die vorhanglosen Fensterscheiben den Lampenschirm und eine hellerleuchtete Ecke des

Tischs. Podtjagin saß zusammengesunken da; er hatte den grauen Kopf geneigt und drehte ein ledernes Zigarettenetui in den Händen. Niemand hätte sagen können, worüber er nachgrübelte: ob er an die Ereignislosigkeit seines bisherigen Lebens dachte oder ob mit der gleichen dunklen Klarheit wie bei der Spiegelung im nächtlichen Fenster vor seinem geistigen Auge Alter, Gebrechlichkeit und Armut auftauchten; ob es der Paß war oder Paris; oder ob er vielleicht mürrisch dachte, daß das Muster des Teppichs genau um seine Stiefelspitze herumpaßte, oder wie gern er jetzt ein kühles Glas Bier trinken würde, oder daß sein Gast die Gastfreundschaft über Gebühr in Anspruch nahm – Gott allein mochte es wissen. Aber als Ganin jetzt seinen großen, vornüber gesunkenen Kopf betrachtete, den greisenhaften Haarflaum in den Ohren und den vom Schreiben ganz krumm gewordenen Rücken, verspürte er ein so plötzliches Aufwallen von Traurigkeit, daß er keinerlei Verlangen mehr hatte, vom russischen Sommer und von den Pfaden im Park zu erzählen, und schon gar nicht von der erstaunlichen Sache, die ihm gestern zugestoßen war.
«Jetzt sollte ich wohl besser gehen. Schlafen Sie gut, Anton Sergejewitsch.»
«Gute Nacht, Ljowuschka», seufzte Podtjagin. «Es hat gutgetan, mit Ihnen zu reden. Sie zumindest verachten mich nicht, weil ich das Geld von Kunitzyn angenommen habe.»
Erst im letzten Augenblick, auf der Türschwelle, blieb Ganin stehen und sagte: «Wissen Sie was, Anton Sergejewitsch? Ich hab eine wunderbare Liebesgeschichte angefangen. Jetzt gehe ich zu ihr. Ich bin sehr glücklich.»

Podtjagin nickte ihm aufmunternd zu. «So, so. Grüßen Sie sie von mir. Ich hatte zwar noch nicht das Vergnügen, aber richten Sie ihr trotzdem Grüße von mir aus.»

6

Sonderbarerweise konnte er sich nicht genau erinnern, wann er sie das erste Mal gesehen hatte. Vielleicht bei einem Wohltätigkeits-Konzert in einer Scheune am Rande des Besitzes seiner Eltern. Vielleicht aber auch sogar noch früher. Der Ton ihres Lachens, die sanften Gesichtszüge, ihre gebräunte Haut und die große Schleife in ihrem Haar waren ihm längst irgendwie vertraut, als ihm ein Student, der als Sanitäter im Lazarett des Dorfes arbeitete (ein Weltkrieg war in vollem Gange) von diesem fünfzehnjährigen ‹süßen und bemerkenswerten› Mädchen – so drückte er sich aus – erzählt hatte; doch dieses Gespräch war vor dem Konzert gewesen. Vergeblich durchstöberte Ganin jetzt sein Gedächtnis, ihre allererste Begegnung konnte er sich einfach nicht mehr vor Augen bringen. Mit gutem Grund: er hatte mit solcher Sehnsucht auf sie gewartet und in den seligen Wochen nach dem Typhus so viel an sie gedacht, daß ihr unverwechselbares Bild schon lange, ehe er sie tatsächlich erblickte, fertig ausgearbeitet war. Und jetzt, viele Jahre später, hatte er das Gefühl, ihre erste Begegnung in der Phantasie und die andere in der Wirklichkeit seien miteinander verschmolzen und unmerklich ineinander übergegangen, weil sie als Mensch von Fleisch und Blut bruchlos jenes Bild fortsetzte, das ihm verheißen worden war.

An jenem Juliabend stieß Ganin die quietschende, schmiedeeiserne Tür des Haupteingangs auf und trat ins Blau der Dämmerung hinaus. Das Rad lief im Dämmerlicht ganz besonders leicht, und die Reifen gaben so etwas wie Flüsterlaute von sich, während sie die Buckel und Kuhlen im festgetretenen Boden am Straßenrand abtasteten. Als Ganin am Dunkel der Stallungen vorbeiglitt, drang ihm ein Hauch von Wärme entgegen, ein leises Schnauben und der schwache Aufschlag unruhiger Hufe. Weiter draußen war die Straße zu beiden Seiten von Birken gesäumt, geräuschlos um diese Stunde des Tages; und dann leuchtete mitten auf einer Wiese ein schwacher Lichtschein wie ein auf der Tenne glimmendes Feuer, und dunkle Ströme von Menschen bewegten sich unter festlichem Gemurmel auf die abseitsstehende Scheune zu.

Im Innern, wo ein Podium errichtet und Bankreihen aufgestellt waren, flutete Licht über Köpfe und Schultern und spiegelte sich in den Augen; es roch nach Karamellbonbons und Petroleum. Eine Menge Leute waren gekommen. Im Hintergrund drängten sich die Bauern mit ihren Frauen, in der Mitte die Sommergäste aus den Datschas, und ganz vorn, auf weißen Bänken aus dem Park des Herrenhauses, saßen still und mürrisch etwa zwanzig Verwundete aus dem Dorflazarett, deren graublaue geschorene, sehr runde Köpfe mit haarlosen Stellen gefleckt waren. Die mit Tannengrün geschmückten Wände der Scheune hatten hier und da Ritzen, durch die der Sternenhimmel hereinblickte – und die schwarzen Schatten von Bauernjungen, die auf die draußen aufgeschichteten Holzstapel geklettert waren.

Der Bassist von der Petersburger Oper, ein hagerer Mann mit einem Pferdegesicht, dröhnte aus unergründlichen Tiefen, und der Chor der Dorfschule folgte dem tönenden Aufschlag der Stimmgabel und fiel in den Refrain ein.
Inmitten des heißen, gelben Glanzes, inmitten der Klänge, die sichtbar Gestalt annahmen in den Falten von karminroten und silbrigen Kopftüchern, in blinzelnden Wimpern und in den schwarzen Schatten an dem Deckengebälk, die sich bei jedem Hauch des Abendwindes hin und her schoben, inmitten dieses Geglitzers und der volkstümlichen Weisen, inmitten all der Köpfe und Schultern in der riesigen, überfüllten Scheune hatte Ganin Augen nur für eines: er starrte geradeaus auf einen braunen Zopf mit einer schwarzen Schleife, die an den Rändern leicht ausgefranst war, und streichelte mit seinen Blicken den dunklen, weichen, mädchenhaften Glanz des Haars an ihrer Schläfe. Und jedesmal, wenn sie das Gesicht zur Seite wandte, um dem Mädchen neben ihr einen schnellen, lächelnden Blick zuzuwerfen, konnte er auch die tiefe Tönung ihrer Wangen sehen, den Winkel eines blitzenden Tatarenauges und die zarte Wölbung ihres Nasenflügels, der sich beim Lachen dehnte und wieder verengte. Später, als das Konzert zu Ende war, wurde der Bassist aus Petersburg in dem riesigen Auto des Fabrikbesitzers davongefahren, das erst einen geheimnisvollen Schimmer über das Gras warf und dann in jähem Lichtschwung eine schlafende Birke und den Steg über einem Bach blendete; und als die Schar der weiblichen Sommergäste in einem festlichen Flattern weißer Kleider durch die blaue Dunkelheit und über den tauschweren Klee davonwehte und jemand in der Finsternis eine

Zigarette anzündete und sich die auflodernde Flamme in hohlen Händen vors Gesicht hielt, da ging Ganin in einsamer Erregung zu Fuß nach Hause; sein Rad, dessen Speichen kaum hörbar klickten, schob er am Sattel neben sich her.

In einem Flügel des Hauses, zwischen der Speisekammer und dem Zimmer der Haushälterin, lag ein geräumiger, altmodischer Klosettraum; sein Fenster ging auf einen vernachlässigten Teil des Gartens hinaus, wo im Schatten einer eisernen Überdachung ein schwarzes Räderpaar über einem Brunnen hing und eine hölzerne Wasserrinne zwischen den freiliegenden, knotigen Wurzeln von drei hohen, weitausladenden Pappeln über den Boden lief. Das bleiverglaste Fenster war mit einem Ritter geschmückt; er hatte einen quadratischen Bart und mächtige Waden und erglühte ganz seltsam im schwachen Licht einer Petroleumlampe mit Blechspiegel, die neben der schweren Samtkordel hing. Wenn man an dieser Kordel zog, erscholl aus den geheimnisvollen Tiefen des eichenen Thrones Wassergerumpel und hohlklingendes Gurgeln. Ganin riß den Fensterflügel auf und hockte sich mit angezogenen Beinen aufs Fensterbrett; die Samtkordel schaukelte sanft, und der gestirnte Himmel zwischen den schwarzen Pappeln erweckte in ihm den Wunsch, ganz tief aufzuseufzen. Und diese Minuten, als er auf dem Fensterbrett des kummervollen Klosetts hockte und sich überlegte, daß er das Mädchen mit der schwarzen Schleife im zarten Nacken wahrscheinlich nie und nimmer näher kennenlernen würde, und vergeblich darauf wartete, daß in den Pappeln eine Nachtigall zu schlagen begänne, wie in dem Gedicht von Fet, diese Minuten hielt Ganin jetzt zu Recht für die erhabensten und wichtigsten in seinem

ganzen Leben.
Er wußte nicht mehr, wann er sie das nächste Mal wiedergesehen hatte, ob schon am folgenden Tag, oder erst eine Woche später. Bei Sonnenuntergang, kurz vor dem Abendtee, hatte er sich auf das rissige Lederdreieck geschwungen und vornüber auf die Lenkstangen gestützt, und war geradeswegs nach Westen ins Abendrot geradelt. Er fuhr jedesmal dieselbe Rundstrecke – durch zwei kleine Dörfer, die durch einen Kiefernwald getrennt waren, und dann zwischen Feldern die Chaussee entlang und zurück nach Hause durch das große Dorf Woskresjensk am Ufer der Oredesch, eines Flusses, den Rylejew ein Jahrhundert zuvor besungen hatte. Er kannte den Weg schon auswendig: erst lief er schmal und sehr eben als Randstreifen neben einem gefährlichen Graben her, dann war er mit Kopfsteinen gepflastert, auf denen sein Vorderrad hohe Sprünge machte, anderwärts von tückischen Wagenspuren durchkreuzt, und dann wieder glatt, rosig und fest – er kannte die Strecke mit dem Tastsinn und mit den Augen, so wie man einen lebendigen Körper kennt, und durchfuhr sie mit gewandten Pedalstößen, die locker in die raschelnde Leere federten.
Die Abendsonne übergoß die rauhen Stämme eines Kiefernwäldchens mit roten Feuerstreifen. Aus den Gärten der Datschas klang das Aufschlagen der Krokketkugeln herüber; schwärmende Mücken gerieten einem in Mund und Augen.
Mitunter machte er auf der Chaussee bei einer kleinen Pyramide aus Straßenschotter halt, über der ein Telegrafenmast, der sich in grauen Streifen langsam schälte, ein zartes, vereinsamtes Summen von sich gab. Dann stützte er sich auf sein Rad und blickte über die Felder

nach einem jener Waldränder, die man nur in Rußland findet, fern, ausgezackt, tiefschwarz, und darüber der Himmel des goldenen Westens, der nur von einer einzigen, lilafarbenen Wolke durchschnitten war, aus der wie ein feuriger Fächer sich Sonnenstrahlen herabspreizten. Und während er zum Himmel hinaufsah und in einem fernen Dorf eine Kuh beinah träumerisch muhen hörte, versuchte er zu begreifen, was das alles zu bedeuten habe: dieser Himmel, die Felder und der summende Telegrafenmast; doch wenn er spürte, daß er es jetzt fast begriffen hatte, begann sich plötzlich alles in seinem Kopf zu drehen, und die hellsichtige Mattheit des Augenblicks wurde unerträglich.

Er wußte nie, wo er ihr begegnen oder sie überholen würde, ob an dieser Biegung des Wegs, in jenem Gehölz oder vielleicht im nächsten. Sie wohnte in Woskresjensk und ging um die gleiche Stunde wie er in der Einsamkeit des sonnigen Abends spazieren. Ganin sah sie jedesmal schon von weitem, und sofort wurde es ihm kalt ums Herz. Sie schritt rasch aus in ihrem blauen Rock und hatte die Hände in den Taschen ihrer blauen Sergejacke, unter der sie eine weiße Bluse trug. Wenn Ganin sie wie ein leichter Windhauch einholte, sah er nur die Falten des blauen Stoffs, der sich in Wellenbewegungen über ihrem Rücken spannte, und die schwarze Seidenschleife, die sich wie ein Flügelpaar ausbreitete. Im Vorbeifahren blickte er ihr nie ins Gesicht, sondern tat, als sei er völlig ins Radfahren vertieft, obwohl er noch eine Minute vorher dieser Begegnung entgegengeträumt und sich geschworen hatte, daß er ihr diesmal zulächeln und sie grüßen werde.

In jenen Tagen war er überzeugt, sie müsse einen ungewöhnlichen, klangvollen Namen haben, und als er von demselben Studenten erfuhr, daß sie Maschenka hieß, wunderte ihn das gar nicht; ihm war, als hätte er das schon vorher gewußt, und der einfache Name bekam für ihn nun einen ganz neuen Klang, eine entzückende Bedeutsamkeit.

«Maschenka», flüsterte Ganin, «Maschenka.» Er atmete tief ein, hielt die Luft an und horchte auf den Schlag seines Herzens. Es war gegen drei Uhr morgens, die Stadtbahnzüge fuhren nicht mehr, und das Haus schien endlich haltgemacht zu haben. Über dem Stuhl hing, als weißlicher Schimmer im Dunkeln, mit ausgebreiteten Armen, wie ein beim Beten erstarrter Mensch, sein Oberhemd, das er dort abgeworfen hatte.

«Maschenka», sagte Ganin noch einmal, und er versuchte, in diese drei Silben alle Musik hineinzulegen, die früher darin mitgeklungen hatte: den Wind, das Summen der Telegrafenmasten, die Glückseligkeit und noch einen weiteren, geheimen Ton, der diesem Wort erst richtig Leben gab. Er lag auf dem Rücken und lauschte seiner Vergangenheit nach. Und schon erklang aus dem Nebenzimmer wieder ein leises, zartes, aufdringliches Tamm-ti-tamm. Alferoff freute sich auf Samstag.

7

Am Morgen des folgenden Tages, am Mittwoch, schob sich Erikas rötliche Pranke ins Zimmer des zweiten April und ließ einen länglichen, fliederfarbenen Briefumschlag auf den Boden fallen. Mit einem gleichgültigen Blick erkannte Ganin die große, schräge, sehr regelmäßige Handschrift. Die Marke war verkehrtherum aufgeklebt, und auf der einen Ecke hatte Erikas dicker Daumen einen fettigen Abdruck hinterlassen. Der Umschlag roch stark nach Parfüm, und Ganin ging flüchtig der Gedanke durch den Kopf, daß eigentlich das Parfümieren von Briefpapier das gleiche sei, wie wenn man sich die Stiefel mit Parfüm besprühte, um über die Straße zu gehen. Er blies die Backen auf, ließ die Luft wieder herausströmen und schob den Brief ungeöffnet in die Tasche. Ein paar Minuten später zog er ihn wieder hervor, drehte ihn in den Händen und warf ihn auf den Tisch. Dann schritt er ein paarmal quer durchs Zimmer.

Alle Türen der Pension standen offen. Die Geräusche des morgendlichen Reinemachens vermischten sich mit dem Lärm der Stadtbahnzüge, die den Luftzug ausnutzten und durch sämtliche Zimmer donnerten. Ganin, der vormittags zu Hause blieb, fegte gewöhnlich sein Zimmer selber aus und machte auch sein Bett. Und jetzt fiel ihm plötzlich ein, daß er schon zwei Tage nicht mehr saubergemacht hatte, und er ging in den Korridor hinaus, um nach einem Besen und einem Staubtuch zu suchen. Lydia Nikolajewna huschte mit einem Eimer in der Hand wie eine Maus an ihm vorbei und fragte im Weitereilen: «Hat Erika Ihnen den Brief gegeben?»

Ganin nickte schweigend und nahm sich den Handfeger, der auf der Eichentruhe lag. Im Spiegel in der Diele erblickte er das Innere von Alferoffs Zimmer, dessen Tür weit offen stand. In diesem sonnendurchfluteten Zimmer – das Wetter war heute ganz besonders schön – lief ein schräger Kegel aus lichtem Staub genau über die eine Ecke des Schreibtischs, und Ganin stellte sich mit quälender Klarheit wieder die Fotos vor, die ihm Alferoff erst selber gezeigt und die er dann mit solcher Erregung noch einmal allein betrachtet hatte, als Klara ihn aufstörte. Auf diesen Fotos sah Maschenka genau so aus, wie er sie in Erinnerung hatte, und jetzt war ihm der Gedanke schrecklich, daß seine Vergangenheit im Schreibtisch eines Fremden lag.

Der Widerschein im Spiegel verschwand mit einem Knall, als Lydia Nikolajewna mit ihren winzigen Schritten durch den Korridor trippelte und die Tür zustieß.

Mit dem Handfeger in der Hand kehrte Ganin in sein Zimmer zurück. Auf dem Tisch lag ein fliederfarbenes Rechteck. Und in einer schnellen Gedankenverbindung, die von diesem Umschlag und dem Spiegelbild des Schreibtischs heraufbeschworen wurde, erinnerte er sich wieder an jene sehr alten Briefe, die er in einer schwarzen Brieftasche auf dem Boden seines Koffers verwahrte, gleich neben dem Browning, den er sich von der Krim mitgebracht hatte.

Er nahm den langen Umschlag vom Tisch hoch, stieß mit dem Ellbogen das Fenster noch weiter auf und riß mit seinen starken Fingern den Brief quer durch und zerriß dann jedes Stück nochmals und warf die Fetzen in den Wind. Leuchtend flogen die papiernen Schneeflocken in den sonnigen Abgrund hinab. Ein Fetzen flatterte aufs Fensterbrett, und Ganin las darauf die verstümmelten Zeilen:

icher, werde ich verges
liebe. Ich bete nu
amit Du glücklich bis

Er schnippte den Fetzen vom Fensterbrett in den Hof, aus dem es nach Kohlen roch und nach Frühling und ferner Weite. Erleichtert zuckte er die Achseln und begann, sein Zimmer sauberzumachen.
Dann hörte er, wie seine Mitbewohner einer nach dem andern zum Mittagessen zurückkehrten, wie Alferoff laut lachte und Podtjagin leise etwas vor sich hin murmelte. Und noch ein Weilchen später erschien Erika im Korridor und ließ den Gong zaghaft ertönen.
Auf dem Weg zu Tisch kam er an Klara vorbei, die ihn erschrocken ansah. Doch Ganin lächelte ihr so strahlend und freundlich zu, daß Klara dachte: ‹Selbst wenn er wirklich ein Dieb ist – es gibt keinen zweiten wie ihn.› Ganin öffnete ihr die Tür, sie neigte den Kopf und ging an ihm vorbei ins Speisezimmer. Die anderen saßen bereits auf ihren Plätzen, und Lydia Nikolajewna, die in der winzigen, verwelkten Hand einen riesigen Schöpflöffel hielt, füllte traurig die Suppenteller.
Podtjagin hatte heute wieder nichts erreicht, der alte Mann war wirklich vom Pech verfolgt. Die Franzosen erlaubten ihm zwar die Einreise, aber die Deutschen wollten ihn aus irgendeinem Grund nicht hinauslassen. Mittlerweile reichte sein Geld nur gerade noch für die Reise, und falls diese widrige Lage eine weitere Woche andauerte, mußte er das Geld für seinen Lebensunterhalt ausgeben, und dann würde es nie mehr bis Paris reichen. Beim Löffeln der Suppe schilderte er mit freudlosem und umständlichem Humor, wie er von einer Abteilung zur anderen gescheucht worden war, wie er dort selber nicht mehr erklären konnte, was er eigentlich wollte, und wie ihn schließlich ein erschöpfter und gereizter Beamter angeschrien hatte.

Ganin blickte auf und sagte: «Lassen Sie uns doch morgen zusammen hinfahren, Anton Sergejewitsch. Ich habe schließlich Zeit genug und werde Ihnen helfen, sich verständlich zu machen.»
Er sprach tatsächlich gut Deutsch.
«Oh, vielen Dank», sagte Podtjagin, und ihm fiel wieder, wie tags zuvor, das ungewöhnliche Strahlen in Ganins Miene auf. «Es ist wirklich zum Heulen, verstehen Sie? Ich habe schon wieder geschlagene zwei Stunden Schlange gestanden und komme trotzdem mit leeren Händen zurück. Vielen Dank, Ljowuschka.»
«Meine Frau wird sicher auch mancherlei Schwierigkeiten haben», fing Alferoff an. Und da widerfuhr Ganin etwas, das ihm sonst noch nie passiert war. Er spürte, wie eine unerträgliche Röte langsam in sein Gesicht stieg und ihm die Stirn kitzelte, als hätte er zu viel Essig getrunken. Als er zum Essen gekommen war, hatte er nicht im entferntesten daran gedacht, daß die Leute hier, diese Gespenster seines Traumlebens im Exil, über sein wahres Leben sprechen würden – über Maschenka. Voll Schrecken und Beschämung erinnerte er sich, daß er selber noch vor zwei Tagen beim Mittagessen in seiner Unwissenheit zusammen mit den anderen über Alferoffs Frau gelacht hatte. Und heute würde womöglich wieder jemand lachen.
«Sie ist allerdings sehr tüchtig», erzählte Alferoff inzwischen weiter. «Sie kommt gut allein zurecht. Meine kleine Frau paßt schon auf, daß ihr niemand die Butter vom Brot nimmt.»
Kolin und Gornozwetow sahen sich an und kicherten. Ganin schwieg und drehte mit finsterer Miene ein Brotkügelchen. Er wäre beinahe aufgestanden und hinausgegangen, aber dann fing er sich wieder. Er hob den

Kopf und zwang sich, Alferoff anzusehen. Und als er ihn so betrachtet hatte, kam es ihm fast unglaublich vor, daß Maschenka diesen Mann mit dem schütteren kleinen Bart und der glänzenden dicken Nase geheiratet haben sollte. Und der Gedanke, daß er jetzt neben dem Mann saß, der Maschenka liebkost hatte und die Berührung ihrer Lippen, ihre Scherzworte, ihr Lachen, ihre unwillkürlichen Bewegungen kannte und jetzt auf sie wartete – dieser Gedanke war entsetzlich; aber zugleich empfand er auch eine Art aufregenden Stolz, wenn er sich darauf besann, daß Maschenka ja nicht dem Ehemann, sondern zum erstenmal ihm ihren tiefen, unverwechselbaren Duft hingegeben hatte.

Nach dem Essen ging er etwas spazieren und erklomm dann das Oberdeck eines Omnibusses. Unten flossen die Straßen vorbei, auf dem glänzenden, sonnenhellen Asphalt stoben kleine schwarze Gestalten umher, der Omnibus schwankte und donnerte – und Ganin hatte das Gefühl, als sei diese fremde Stadt, die da an ihm vorbeizog, nichts als ein Filmstreifen. Bei seiner Rückkehr nach Hause sah er Podtjagin an Klaras Tür klopfen, und auch Podtjagin kam ihm wie ein Gespenst vor, ganz fern und ganz unwichtig.

«Unser gemeinsamer Freund hat sich wieder einmal verliebt», sagte Anton Sergejewitsch und nickte zur Tür hin, während er bei Klara Tee trank. «Doch nicht etwa in Sie, oder?»

Klara wandte sich ab. Ihr voller Busen hob und senkte sich. Sie konnte das einfach nicht glauben. Der Gedanke erschreckte sie, sie fürchtete sich vor jenem Ganin, der anderer Leute Schreibtische durchwühlte, aber Podtjagins Frage tat ihr trotzdem wohl.

«Ist er etwa in Sie verliebt, Klarotschka?» fragte er noch

einmal, blies auf den Tee und warf ihr über seinen Kneifer einen Seitenblick zu.
«Gestern hat er mit Ludmilla gebrochen», sagte Klara unvermittelt. Sie hatte das Gefühl, Podtjagin dieses Geheimnis enthüllen zu dürfen.
«Hab ich's mir doch gedacht», nickte der alte Herr und trank genießerisch einen Schluck. «In der Weise strahlt man nicht ohne Grund. Hinweg mit allem Alten, und weiter mit dem Neuen! Haben Sie mitgekriegt, was er mir heute angeboten hat? Er will morgen mit mir zusammen zur Polizei gehen.»
«Ich treffe mich heute abend mit ihr», sagte Klara nachdenklich. «Die Ärmste. Am Telefon hatte sie eine richtige Grabesstimme.»
Podtjagin seufzte. «Ach, die Jugend. Ihre Freundin wird drüber wegkommen. Alles halb so schlimm. Vielleicht war's sogar besser so. Aber ich, Klarotschka, ich werde wohl bald sterben.»
«Ach du lieber Gott, Anton Sergejewitsch! Was für ein Unsinn!»
«Nein, das ist kein Unsinn. Heute nacht hatte ich wieder einen Anfall. Im einen Augenblick schlug mir das Herz bis zur Kehle, und im nächsten ganz weit weg unterm Bett.»
«Sie armer Mann», sagte Klara besorgt. «Da müssen wir doch gleich einen Arzt ...»
Podtjagin lächelte. «Ich habe nur Spaß gemacht. Mir geht's nämlich, ganz im Gegenteil, in letzter Zeit wesentlich besser. Und ich hatte gar keinen Anfall. Ich habe ihn nur eben so aus dem Stegreif erfunden, um zu sehen, wie Sie Ihre großen Augen noch weiter aufreißen. Wenn wir in Rußland wären, Klarotschka, würde Ihnen sicher ein Landarzt oder ein wohlhabender Ar-

chitekt den Hof machen. Sagen Sie einmal ganz ehrlich – lieben Sie Rußland?»

«Sehr.»

«Recht so. Wir sollten Rußland lieben. Ohne unsere Emigrantenliebe ist es aus mit Rußland. Drüben liebt es niemand.»

«Ich bin jetzt schon sechsundzwanzig», sagte Klara. «Ich schreibe den ganzen Vormittag Maschine, und fünfmal in der Woche arbeite ich bis abends um sechs. Das macht mich sehr müde. Ich bin ganz allein in Berlin. Was meinen Sie, Anton Sergejewitsch – wird das so noch lange weitergehen?»

«Ich weiß nicht, meine Liebe», seufzte Podtjagin. «Ich würde es Ihnen gern sagen, aber ich weiß es nicht. Ich habe auch einmal gearbeitet, ich wollte hier eine Zeitschrift gründen. Und jetzt habe ich doch nichts zum Vorzeigen. Ich hoffe nur noch zu Gott, daß ich nach Paris komme. Wo man freier und leichter leben kann. Was meinen Sie – komme ich noch mal hin?»

«Aber ich bitte Sie, natürlich, Anton Sergejewitsch. Morgen renkt sich alles ein.»

«Man lebt da freier, und offenbar auch billiger», sagte Podtjagin. Er fischte mit dem Löffel ein nicht ganz aufgelöstes Stück Zucker aus der Tasse und dachte bei seinem Anblick, daß dieses porenreiche Bröckchen etwas Russisches an sich habe – etwas vom tauenden Schnee im Frühling.

8

Äußerlich betrachtet wurde Ganins Tageslauf nach seinem Bruch mit Ludmilla noch leerer, doch andererseits langweilte es ihn jetzt nicht mehr, daß er nichts zu tun hatte. Seine Erinnerungen beanspruchten ihn so sehr, daß er die Zeit gar nicht mehr wahrnahm. Nur sein Schatten hauste noch in Frau Dorns Pension; er selbst hingegen war in Rußland und durchlebte seine Erinnerungen, als ob sie Wirklichkeit wären. Für ihn war die Zeit zum Vorgang des Wiedererinnerns geworden, das sich ganz allmählich entfaltete. Und obwohl seine Liebesgeschichte mit Maschenka in jenen fernen, vergangenen Tagen nicht nur drei Tage, nicht eine Woche, sondern viel länger gedauert hatte, spürte er keinen Widerspruch zwischen der realen Zeit und jener anderen, in der er die Vergangenheit wiedererlebte, da sein Gedächtnis nicht jeden einzelnen Augenblick in Betracht zog, sondern die leeren, nicht erinnernswerten Strecken übersprang und nur das beleuchtete, was mit Maschenka zu tun hatte. Und so kam es zu keinerlei Spannungen zwischen dem Lauf seines vergangenen und dem seines gegenwärtigen Lebens.

Es war ihm, als winde sich seine Vergangenheit in jener vollkommenen Gestalt, die sie erreicht hatte, nun wie ein gleichmäßiges Muster durch sein Alltagsleben in Berlin. Was immer Ganin auch in der Gegenwart tat, jenes andere Leben tröstete ihn ohne Unterlaß.

Es war nicht einfach nur ein Wiedererinnern, sondern ein richtiges Leben, das viel wirklicher, viel intensiver war als das seines Schattens in Berlin: ein märchenhaftes Abenteuer, das sich mit ernster, zarter Behutsamkeit entspann.

Um die zweite Augustwoche riecht es im nördlichen Rußland schon ein wenig nach Herbst. Hin und wieder fällt ein kleines gelbes Blatt von einer Birke, und die weiten abgemähten Felder sind bereits herbstlich licht und leer. Am Rande des Waldes, wo ein breiter Streifen hohen Grases den Sensen entronnen ist und prunkend dem Wind Paroli bietet, schlummern träge Hummeln auf den lila Kissen der Skabiosen. Und eines Nachmittags, in einem Pavillon im Park –

Ja, der Pavillon. Er stand auf angefaulten Pfosten über einer Bodensenke und war von zwei Seiten her über abschüssige Stege zu erreichen, auf denen man vor lauter Erlenkätzchen und Tannennadeln leicht ausrutschte.

Die Scheiben in den kleinen rautenförmigen Fensterrahmen hatten verschiedene Farben; wenn man durch eine blaue hinaussah, schien die Welt in mondsüchtigem Dämmerschlaf zu erstarren; durch eine gelbe Scheibe wirkte alles außerordentlich fröhlich; und durch eine rote sah der Himmel plötzlich rosa aus und das Blätterwerk dunkel wie Burgunderwein. Einige Scheiben waren zerbrochen, und ihre zackigen Ränder waren durch Spinnweben verbunden. Im Innern war der Pavillon weiß gekalkt, und Sommergäste aus den Datschas, die widerrechtlich in den Park des Herrenhauses vordrangen, hatten an den Wänden und auf dem Klapptisch allerlei Kritzeleien hinterlassen.

Eines Tages geriet auch Maschenka mit zwei recht unscheinbaren Freundinnen dort hinein. Ganin hatte sie zuerst auf einem Pfad überholt, der am Fluß entlangführte, und er war so dicht an ihnen vorbeigefahren,

daß ihre Freundinnen kreischend zur Seite sprangen. Er radelte weiter um den Park herum, nahm dann einen Querweg und beobachtete aus der Ferne, zwischen den Blättern hindurch, wie sie zusammen in den Pavillon gingen. Da lehnte er sein Rad gegen einen Baum und folgte ihnen nach.
«Das ist hier Privatbesitz», sagte er leise, mit heiserer Stimme. «Am Tor hängt sogar ein Schild.»
Sie sagte kein Wort darauf, sondern blickte ihn nur schelmisch aus ihren schräg stehenden Augen an. Er deutete auf eine der blassen Kritzeleien und fragte: «Haben Sie das gemacht?»
Da stand geschrieben: «Am 3. Juli warteten Maschenka, Lida und Nina in diesem Pavillon das Ende eines Gewitters ab.»
Die drei lachten hell auf, und da lachte er mit. Er setzte sich auf den Klapptisch, ließ die Beine baumeln und bemerkte zu seinem Verdruß, daß er sich eine seiner schwarzen Socken am Knöchel zerrissen hatte. Plötzlich deutete Maschenka auf das rosige Loch im Seidengewebe und sagte: «Sehen Sie mal, da kommt die Sonne heraus.»
Dann unterhielten sie sich über Gewitter, über die Sommergäste in den Datschas, darüber, daß er Typhus gehabt hatte, über den lustigen Studenten im Lazarett und über das Konzert.
Maschenka hatte entzückende, lebhafte Augenbrauen und eine tiefbraune Haut die von einem sehr feinen, seidigen Flaum bedeckt war, der ihren Wangen eine besonders warme Tönung gab; sie blähte die Nasenflügel, wenn sie redete, stieß immer wieder ein kurzes Lachen aus und sog das Süße aus einem Halm; sie sprach schnell und kehlig, mit unerwarteten Brusttö-

nen dazwischen, und in ihrem Halsausschnitt bebte ein Grübchen.

Später, als der Abend hereinbrach, geleitete er sie und ihre Freundinnen bis zum Dorf, und als sie einen grünen, von Unkraut überwucherten Waldweg hinuntergingen und an die Stelle kamen, wo eine lahmende Bank stand, erzählte er ihnen mit ernster Miene: «Die Makkaroni wachsen in Italien. Wenn sie noch klein sind, nennt man sie ‹vermicelli›. Das ist italienisch und heißt Michaelis-Würmer.»

Er versprach, mit allen dreien am nächsten Morgen Boot zu fahren, aber sie erschien ohne ihre Freundinnen. An dem wackligen Anlegesteg löste er die rasselnde Kette des großen, schweren Mahagoni-Bootes, nahm die Segeltuchplane ab, schraubte die Dollen ein, zog die Ruder aus einem langen Kasten hervor und hängte das Steuer in seine stählerne Angel.

In einiger Entfernung brausten geschäftig die Schleusen einer Wassermühle, und man erkannte sehr gut die schäumenden Rüschen der stürzenden Wassermassen und den rotgoldenen Schimmer treibender Kiefernstämme.

Maschenka setzte sich ans Steuer. Er stieß mit einem Bootshaken vom Steg ab und ruderte zunächst langsam am Parkufer entlang, wo dichte Erlenbüsche sich wie schwarze Augenflecken im Wasser spiegelten und viele dunkelblaue Seejungfer-Libellen herumflatterten. Dann drehte er ab zur Mitte des Flusses und schlängelte sich durch die Inseln von Algenbrokat, während Maschenka die beiden Enden des Steuertaus mit einer Hand festhielt und die andere ins Wasser hängen ließ und die schimmernd gelben Wasserlilienblüten abzureißen versuchte. Die Dollen knarrten bei jedem Schlag der Ruder, und so wie Ganin sich weit zurücklehnte und wieder vorbeugte, rückte Maschenka, die ihm am Heck gegenübersaß, abwechselnd weg von ihm und auf ihn zu, und unter ihrer marineblauen, offenen Jacke sah er die helle Bluse im Takt mit ihr atmen.

Im Fluß spiegelte sich jetzt die Tonerde des linken Ufers, das oben mit Tannen und wildem Wein bewachsen war; in den roten Steilhang waren Namen und Daten eingeritzt, und an einer Stelle hatte jemand vor zehn Jahren ein riesiges Gesicht mit vorspringenden Backenknochen herausgeschnitzt. Das rechte Ufer stieg flacher an, und dort schimmerte lila Heidekraut zwischen den scheckigen Birken. Und dann umschloß unter einer Brücke plötzlich kühles Dunkel das Boot. Von oben her waren schwere Hufschläge und das Rumpeln von Rädern zu hören, und als das Boot wieder herausglitt, blitzte die Sonne blendend hell auf den Enden der Ruder und bestrahlte den Heuwagen, der über die niedrige Brücke rollte, und einen grünen Hang, dessen Kuppe von den weißen Säulen eines unbewohnten, mit Brettern vernagelten Landhauses aus der Zeit Alexanders des Ersten gekrönt war. Und dann schob sich auf beiden Ufern der dunkle Wald bis ans Wasser herunter, und mit weichem Rascheln trieb das Boot ins Uferschilf hinein.

Zu Hause ahnte niemand etwas davon. Das Leben dort ging seinen lieben, altgewohnten, sommerlichen Gang und war kaum berührt von dem fernen Krieg, der nun immerhin schon ein ganzes Jahr dauerte. Das alte grünlich-graue Holzhaus, das mit dem Seitenflügel durch eine Galerie verbunden war, blickte aus den buntverglasten Fenstern seiner zwei Veranden auf den Rand des Parks und die orangefarbenen Brezelbögen der

Gartenwege hinaus, welche die schwarzerdige Üppigkeit der Blumenbeete säumten. Im Salon mit den weißen Möbeln, wo auf der rosenbestickten Tischdecke marmorierte Bände alter Zeitschriften lagen, ergoß sich aus einem schräg hängenden Spiegel mit ovalem Rahmen das gelbe Parkett, und die Daguerreotypien an den Wänden schienen zu lauschen, wenn das weiße Klavier klimpernd zum Leben erwachte. Abends trug der großgewachsene, blaulivrierte Butler in weißen Baumwollhandschuhen eine Lampe mit Seidenschirm auf die Veranda hinaus, und dann kam auch Ganin nach Hause zurück, um auf dieser hellerleuchteten Veranda, wo eine Schilfmatte den Boden bedeckte und zu beiden Seiten der Steinstufen, die in den Garten führten, schwarze Lorbeerbüsche standen, geruhsam Tee zu trinken und kalte Dickmilch zu schlürfen.

Er traf sich jetzt täglich mit Maschenka am anderen Ufer des Flusses, wo auf dem grünen Hügel das verlassene weiße Landhaus stand, in einem anderen Park, der größer und verwilderter war als derjenige, der sein Elternhaus umgab.

Vor diesem anderen Landhaus standen unter den Linden auf einer breiten Terrasse über dem Fluß einige Bänke und ein runder eiserner Tisch mit einem Loch in der Mitte zum Abfließen des Regenwassers. Von hier aus sah man weit unten eine zweite Brücke, die eine grün schäumende Flußwindung überquerte, und die Chaussee nach Woskresjensk. Diese Terrasse war ihr Lieblingsplatz.

Und einmal, als sie sich hier nach einem Regensturm in der Abendsonne trafen, entdeckten sie Gekritzel auf dem Gartentisch, einen unanständigen Satz. Irgendein Taugenichts aus dem Dorf hatte ihre beiden Namen mit einem kurzen, drastischen Tätigkeitswort verbunden, das obendrein falsch geschrieben war. Er hatte einen Kopierstift benutzt, und die Schrift war durch den Regen etwas zerflossen. Überdies klebten Zweige, Blätter und kreidige Würmchen von Vogelkot auf der Tischplatte.

Da der Tisch nun aber ihnen gehörte und heilig war, geheiligt durch ihre Zusammenkünfte, gingen sie ruhig und ohne ein Wort daran, das feuchte Gekritzel mit Grasbüscheln abzuwischen. Und als schließlich die ganze Tischfläche lächerlich lila war und Maschenkas Finger aussahen, als hätte sie eben Heidelbeeren gepflückt, wandte Ganin sich ab, starrte mit zusammengekniffenen Augen unverwandt auf ein gelblich-grünes, warmes, verfließendes Etwas, das zu normalen Zeiten schlichtes Lindenlaub war, und verkündete Maschenka, daß er sie schon seit langem liebe.

In jenen ersten Tagen ihrer Liebe küßten sie sich so viel, daß Maschenkas Lippen anschwollen und ihr Hals, so warm unter der Haarschleife, zarte Vampirmale zeigte. Sie war erstaunlich heiter und eher zu fröhlichem Lachen als zum Spotten aufgelegt. Sie liebte Versgeklingel, scherzhafte Wendungen, Wortspiele und Gedichte. Ein Lied blieb ihr zwei oder drei Tage im Kopf, dann war es vergessen und ein anderes nahm von ihr Besitz. So sang sie etwa bei ihren ersten Begegnungen immer wieder seelenvoll und mit kehliger Stimme:

«Arme und Beine in Ketten geschlagen,
Mußt' Wanja des Kerkers Qualen ertragen.»

Und dann sagte sie mit einem rauhen, gurrenden Lachen: «Ein schönes Lied!»

Um jene Zeit reiften die letzten wilden Himbeeren regenfeucht und süß in den Gräben. Maschenka war ganz versessen darauf, und überhaupt lutschte sie eigentlich immerfort irgend etwas – einen Grashalm, ein Blatt, einen Fruchtbonbon. Ihre Landrin-Karamellen trug sie lose in der Tasche, wo sie Klümpchen bildeten und sich mit Krümeln und Wollfasern verklebten. Sie benutzte ein billiges, süßliches Parfüm, das ‹Tagore› hieß. Diesen Duft, vermischt mit den frischen Gerüchen des herbstlichen Parks, versuchte Ganin jetzt noch einmal einzufangen; aber wir wissen ja, unser Gedächtnis kann fast alles wiedererstehen lassen, nur Gerüche nicht, obwohl die Vergangenheit durch nichts so vollkommen wieder auflebt wie durch einen Geruch, der einst mit ihr verbunden war.

Ganin ließ einen Augenblick von den Erinnerungen ab und grübelte, wie er so viele Jahre hatte leben können, ohne an Maschenka zu denken – und schon hatte er sie wieder eingeholt: sie rannte einen dunklen, raschelnden Pfad hinunter, ihre schwarze Haarschleife flatterte wie ein riesiger dunkler Falter, der ‹Trauermantel›. Plötzlich blieb sie stehen, hielt sich an seiner Schulter fest, hob den einen Fuß und rieb ihren staubigen Schuh unter dem blauen Rock am Strumpf des anderen Beines sauber.

Ganin schlief ein. Er lag angezogen auf seinem nicht abgedeckten Bett. Seine Erinnerungen waren zerronnen und in einen Traum übergegangen. Es war ein seltsamer und überaus kostbarer Traum, und Ganin hätte sich daran erinnert, wenn er nicht im Morgengrauen von einem sonderbaren Geräusch geweckt worden wäre, das wie ein Donnerschlag klang. Er setzte sich auf und horchte. Der Donner erwies sich als ein unverständliches Stöhnen und Schlurfen vor seiner Tür, jemand kratzte daran. Plötzlich wurde die Klinke, die im trüben Dämmerlicht nur schwach glänzte, heruntergedrückt und federte wieder hoch, aber die Tür blieb zu, obwohl sie nicht abgeschlossen war. In angenehm erregter Vorfreude auf ein Abenteuer glitt Ganin vom Bett herunter, ballte vorsorglich die Linke zur Faust und riß mit der Rechten die Tür auf.

Da fiel ihm in einer fließenden Bewegung, wie eine große, weiche Puppe, ein Mann gegen die Schulter. Das kam so unerwartet, daß Ganin ihn beinah geschlagen hätte, aber er merkte sogleich, daß der Mann nur deshalb auf ihn gefallen war, weil er keine Kraft mehr zum Stehen hatte. Er schob ihn zur Seite gegen die Wand und tastete nach dem Lichtschalter.

Vor ihm stand, den Kopf an die Wand gelehnt, der alte Podtjagin und schnappte mit weit offenem Mund nach Luft. Er war barfuß und trug ein langes Nachthemd, das über der grauhaarigen Brust aufgeknöpft war. Seine Augen, die ohne den Kneifer nackt und verstört wirkten, zwinkerten nicht, das Gesicht hatte die Farbe trokkenen Lehms, und die große Wölbung seines Bauches hob und senkte sich unter dem straffgespannten Leinen des Nachthemds.

Ganin erkannte sofort, daß der alte Mann wieder einen Herzanfall hatte. Er stützte ihn, und Podtjagin, der seine bläulich angelaufenen Beine nur mühsam bewegen konnte, taumelte zu einem Sessel, sank hinein und warf den Kopf zurück; sein graues Gesicht war jetzt schweißüberströmt.

Ganin tauchte ein Handtuch in seinen Waschkrug und drückte die schwergewordenen nassen Falten auf die nackte Brust des alten Mannes. Er hatte das Gefühl, als

müßten jeden Augenblick alle Knochen in diesem mächtigen, verkrampften Körper mit hartem Knacken zerbrechen.
Da atmete Podtjagin tief ein und stieß die Luft mit einem Pfeifen wieder aus. Es war mehr als nur ein Aufatmen, es war ein ungeheurer Genuß, der seine Züge sofort wieder belebte. Ganin lächelte ihm ermunternd zu, drückte weiter das nasse Handtuch an seinen Körper und rieb ihm Brust und Seiten ab.
«B – besser», stieß der alte Mann hervor.
«Ganz ruhig», sagte Ganin. «Gleich ist alles wieder gut.»
Podtjagin atmete und stöhnte und bewegte seine großen nackten krummen Zehen. Ganin legte ihm eine Wolldecke um, gab ihm Wasser zu trinken und machte das Fenster weiter auf.
«Hab keine – Luft mehr gekriegt», sagte Podtjagin mühsam. «Konnte nicht zu Ihnen rein – war zu schwach. Wollte nicht – alleine sterben.»
«Ganz ruhig jetzt, Anton Sergejewitsch. Es wird bald Tag, dann holen wir einen Arzt.»
Podtjagin wischte sich langsam mit der Hand den Schweiß von der Stirn. Er atmete jetzt gleichmäßiger.
«Schon vorbei», sagte er. «Fürs erste ist es vorbei. Ich hatte keine Tropfen mehr. Deshalb war es so schlimm.»
«Dann kaufen wir Ihnen neue Tropfen. Möchten Sie sich vielleicht auf mein Bett legen?»
«Nein, ich bleibe noch einen Moment hier sitzen, dann kann ich in mein Zimmer zurück. Es ist vorbei. Und morgen vormittag . . .»
«Verschieben wir es lieber auf Freitag», sagte Ganin. «Das Visum läuft uns nicht weg.»
Podtjagin fuhr sich mit seiner dicken, rauhen Zunge

über die ausgetrockneten Lippen.
«In Paris warten sie doch schon so lange auf mich, Ljowuschka. Und meine Nichte ist zu arm, um mir Reisegeld zu schicken. Meine Güte!»
Ganin setzte sich aufs Fensterbrett (und sofort schoß ihm der Gedanke durch den Kopf, daß er vor gar nicht langer Zeit irgendwo in der gleichen Weise gesessen hatte, und dann fiel es ihm blitzartig ein – die bunten, in Blei gefaßten Fenster des Pavillons, der weiße Klapptisch, das Loch in seiner Socke).
«Bitte, machen Sie das Licht aus, mein Lieber», bat Podtjagin. «Es tut mir in den Augen weh.»
Im Halbdunkel wurde nun alles erst recht seltsam: das Lärmen der ersten Stadtbahnzüge, das massige graue Gespenst im Sessel, das Glitzern verschütteter Wassertropfen auf dem Fußboden. Und es war alles sehr viel geheimnisvoller und ungreifbarer als die unsterbliche Wirklichkeit, in der Ganin nun schon eine ganze Zeitlang lebte.

9

Der Morgen war angebrochen, und Kolin kochte für Gornozwetow Tee. Denn heute, am Donnerstag, mußte Gornozwetow Berlin schon zeitig verlassen, um zu einer Ballerina zu fahren, die gerade ein Ensemble zusammenstellte. Alle im Hause schliefen daher noch, als Kolin in einem ausnehmend schmutzigen kleinen Kimono und mit ausgetretenen Stiefeln an den nackten Füßen in die Küche schlurfte, um heißes Wasser zu holen. Sein rundes, einfältiges, sehr russisches Gesicht mit aufgeworfener Nase und schmachtenden blauen Augen (er selber hielt sich, mit Verlaines Worten, für ‹halb Pierrot und halb Gavroche›) war aufgedunsen und glänzte fettig; sein ungekämmtes blondes Haar fiel ihm in die Stirn, und die offenen Schnürsenkel seiner Stiefel klatschten wie dünner Regen auf den Fußboden. Er zog eine Schnute wie eine Frau, machte sich an der Teekanne zu schaffen und begann dann still und selbstvergessen vor sich hin zu summen. Gornozwetow zog sich inzwischen fertig an: er band sich seine gepunktete Fliege um und geriet außer sich über einen Pickel, den er eben beim Rasieren aufgerissen hatte und aus dem jetzt Eiter und Blut durch die dicke Puderschicht sikkerten. Er hatte eine dunkle Haut und sehr regelmäßige Gesichtszüge, und die langen, geschwungenen Wimpern verliehen seinen braunen Augen einen klaren, unschuldigen Ausdruck. Sein Haar war kurzgeschnitten, schwarz und leicht gekräuselt; der Nacken war, nach Art der russischen Kutscher, ausrasiert, und er hatte sich Koteletten wachsen lassen, die in zwei dunklen Streifen an seinen Ohren vorbeischwangen. Wie sein Freund war er klein, sehr mager, hatte stark entwickelte Beinmuskeln und war schmal um die Brust und in den Schultern.

Die beiden hatten sich erst vor verhältnismäßig kurzer Zeit miteinander angefreundet: sie waren irgendwo auf dem Balkan in einem russischen Kabarett zusammen aufgetreten und dann vor zwei Monaten nach Berlin gekommen, um hier ihr Glück auf der Bühne zu versuchen. Etwas Besonderes an ihnen, ein seltsam geziertes Gehabe, trennte sie zwar ein wenig von den übrigen Pensionsgästen, aber niemand konnte es eigentlich die-

sem harmlosen Paar verübeln, daß es so glücklich miteinander war wie ein Paar Ringeltauben.
Als der Freund gegangen war und ihn in dem unaufgeräumten Zimmer allein zurückgelassen hatte, öffnete Kolin einen Manikürkasten und schnitt sich leise singend die Fingernägel. Er zeichnete sich zwar nicht durch übertriebene Reinlichkeit aus, aber seine Nägel hielt er in bestem Zustand.
Im Zimmer roch es nach Origanum-Parfüm und Schweiß; auf dem Waschwasser in der Schüssel schwamm ein Büschel ausgekämmter Haare. Ballett-Tänzer posierten auf den Fotografien an den Wänden, und auf dem Tisch lag ein großer, offener Fächer, und daneben ein schmutziger steifer Kragen.
Kolin betrachtete wohlgefällig den rötlichen Glanz seiner Nägel, wusch sich dann gründlich die Hände und rieb sich Gesicht und Hals mit einem ekelhaft süßen Toilettenwasser ein. Dann warf er den Morgenrock ab, probierte nackt ein paar Schritte auf den Fußspitzen, vollführte einen kleinen Entrechat und zog sich schnell an. Er puderte sich die Nase und schminkte seine Augen. Dann knöpfte er seinen grauen, eng auf Figur geschnittenen Mantel bis oben hin zu und verließ das Haus zu einem Spaziergang, wobei er die Spitze seines Zierstöckchens ganz gleichmäßig auf und nieder schwenkte.
Als er zum Mittagessen zurückkehrte, überholte er kurz vor der Haustür Ganin, der gerade eine Arznei für Podtjagin besorgt hatte. Dem alten Mann ging es schon wieder besser, er schrieb ein wenig und spazierte in seinem Zimmer auf und ab; doch Klara hatte, im Einverständnis mit Ganin, beschlossen, ihn heute nicht aus dem Haus gehen zu lassen.

Kolin, der sich von hinten herangeschlichen hatte, packte Ganin am Oberarm. Ganin wandte sich um.
«Ah, Sie sind es, Kolin. Spazieren gewesen?»
«Alek ist weggefahren», sagte Kolin, als er neben Ganin die Treppe hinaufstieg. «Und ich bin furchtbar aufgeregt. Hoffentlich kriegt er das Engagement auch.»
«Aber natürlich», sagte Ganin, der immer ganz ratlos war, weil er nicht wußte, was er mit ihm reden sollte.
Kolin lachte auf. «Alferoff ist schon wieder im Aufzug steckengeblieben. Und jetzt geht das Ding nicht mehr.» Er ließ den Knauf seines Stöckchens über das Treppengeländer gleiten und sah Ganin mit einem scheuen Lächeln an: «Darf ich mich ein bißchen zu Ihnen ins Zimmer setzen? Ich langweile mich heute so.»
‹Bilde dir ja nicht ein, du dürftest mir schöne Augen machen, nur weil du dich langweilst›, fauchte Ganin im stillen, als er die Tür der Pension aufschloß, aber laut sagte er: «Leider bin ich im Moment sehr beschäftigt. Vielleicht ein andermal.»
«Wie schade», sagte Kolin. Er folgte Ganin in die Diele und zog die Tür hinter sich zu. Aber sie ließ sich nicht schließen, denn von draußen hatte jemand eine große braune Hand dazwischengeschoben, und eine tiefe Berliner Baßstimme dröhnte: «Augenblick mal, die Herrschaften!»
Ganin und Kolin sahen sich um. Ein vierschrötiger, schnauzbärtiger Postbote trat über die Schwelle.
«Wohnt hier ein Herr Alferoff?»
«Erste Tür links», sagte Ganin.
«Schön' Dank auch», trompetete der Postbote und klopfte an die betreffende Tür.
Es war ein Telegramm.
«Was ist denn? Was ist denn? Was ist denn nur?»

stammelte Alferoff mit rotem Kopf und fingerte ungeschickt daran herum. Vor lauter Aufregung konnte er zuerst den aufgeklebten Streifen mit den blassen, ungleichmäßigen Buchstaben kaum entziffern: ANKOMME 8 UHR SAMSTAGFRÜH. Dann plötzlich hatte er begriffen, seufzte tief auf und bekreuzigte sich.
«Gott sei Dank. Sie kommt.»
Er lächelte breit, strich sich über die knochigen Oberschenkel, setzte sich auf sein Bett und begann dort vor und zurück zu schaukeln. Seine wäßrigen Augen zwinkerten heftig, und sein kleiner, stallmistfarbener Bart schimmerte golden in einem schrägen Sonnenstrahl.
«Sehr gut», murmelte er vor sich hin. «Übermorgen also! Sehr gut. Wie meine Schuhe wieder aussehen! Maschenka ist sicher entsetzt. Nun, wir werden schon irgendwie durchkommen. Wir mieten uns eine hübsche, billige kleine Wohnung. Aber das soll sie allein entscheiden. Erst einmal bleiben wir noch ein bißchen hier. Gott sei Dank, daß die beiden Zimmer eine Verbindungstür haben.»
Kurz darauf ging er in den Korridor hinaus und klopfte bei seinem Nachbarn an.
Ganin dachte: ‹Heute lassen sie mich aber auch nicht einen Moment in Ruhe!›
«Sagen Sie mal, Gleb Lewowitsch», begann Alferoff ohne Umschweife, während er mit einem einzigen Blick das ganze Zimmer musterte, «wann wollen Sie denn nun ausziehen?»
Ganin sah ihn gereizt an. «Ich heiße Lew. Können Sie sich das nicht merken?»
«Aber Sie ziehen doch am Samstag aus, nicht wahr?» fragte Alferoff und überlegte im stillen: ‹Das Bett stellen wir anders, und den Schrank müssen wir von der

Durchgangstür wegrücken.›
«Ja, ja, ich ziehe aus», antwortete Ganin und war schon wieder, wie tags zuvor beim Mittagessen, plötzlich ganz verlegen.
«Das ist ja großartig», sagte Alferoff freudig erregt. «Dann entschuldigen Sie bitte die Störung, Gleb Lewowitsch!»
Er sah sich noch einmal im Zimmer um und polterte hinaus.
«Idiot!» murmelte Ganin. «Zum Teufel mit ihm. An was hatte ich gerade so schön gedacht? Ach ja – an die Nacht, den Regen, die weißen Säulen.»
«Lydia Nikolajewna. Lydia Nikolajewna!» rief Alferoff mit öliger Stimme laut durch den Korridor.
‹Das ist ja nicht zum Aushalten mit dem›, dachte Ganin grimmig. ‹Ich kann heute hier nicht zu Mittag essen. Ich habe genug.›
Auf der Straße schimmerte der Asphalt lila, und Sonnenstrahlen verfingen sich in den Rädern der Autos. Neben der Kneipe lag eine Garage, aus deren düster gähnender Toreinfahrt ein schwacher Karbidgeruch wehte. Und dieser zufällige Geruch half Ganin, sich noch lebhafter an jene regnerischen Tage Ende August und Anfang September in Rußland zu erinnern, an die Sturzbäche der Glückseligkeit, die jetzt von den Gespenstern seines Berliner Lebens immer wieder unterbrochen wurden.
Aus dem hellen Landhaus stürmte er damals in die schwarz wogende Dunkelheit und zündete das sanfte Flämmchen seiner Fahrradlaterne an; und jetzt, da er den Geruch von Karbid eingeatmet hatte, kam ihm alles auf einmal wieder ins Gedächtnis: die nassen Gräser, die gegen seine Waden und gegen die Radspeichen

schlugen, der milchige Lichtkreis, der die Finsternis aufsog und schmelzen ließ, und die verschiedenen Dinge, die daraus hervortauchten – eine runzlige Pfütze oder ein glänzender Kiesel, dann die Brückenplanken mit ihrem Teppich aus Pferdemist und schließlich das Drehkreuz des Tores, durch das er sich hindurchzwängen mußte, wobei auch die regenschwere Goldregenhecke dem Schwung seiner Schultern wich.
Und dann erblickte er durch die Ströme der Nacht die langsam sich drehenden Säulen, auch sie umspült vom sanft-weißen Strahl seiner Radlaterne, und dort, auf der von sechs Säulen umgebenen Veranda eines fremden, geschlossenen Landhauses, wurde Ganin von einem Schwall kühler Düfte willkommen geheißen, einer Mischung aus Parfüm und durchnäßtem Sergestoff – und dieser herbstliche Regenkuß war so lang und so tief, daß ihm danach große, strahlende Lichtflecke vor den Augen schwammen und das weitausladende, vielblättrig raschelnde Rauschen des Regens nur noch heftiger zu werden schien. Mit regennassen Fingern öffnete er das Glastürchen der kleinen Laterne und blies das Licht aus. Aus der Finsternis traf ein feuchter, schwerer Windstoß die Liebenden. Maschenka saß jetzt auf der abblätternden Balustrade und strich ihm mit ihrer kühlen kleinen Hand über die Schläfen, und er erkannte im Dunkel die schwachen Umrisse ihrer triefenden Haarschleife und den lächelnden Glanz ihrer Augen.
Kräftig und überreich brausten die Regenmassen in der wirbelnden Schwärze vor der Veranda durch die Linden und lockten ein Quietschen und Knarren aus den Stämmen hervor, die zur Stützung ihrer verfallenden Mächtigkeit von Eisenklammern zusammengehalten wurden. Und in dem Tumult der Herbstnacht knöpfte

er ihr die Bluse auf und küßte ihre heiße Halsgrube; sie schwieg dazu – nur ihre Augen leuchteten sanft, und unter der Berührung seiner Lippen und des feuchten Nachtwinds wurde die Haut ihrer entblößten Brust langsam kalt. Sie sprachen wenig – es war zu dunkel zum Sprechen. Als er schließlich ein Streichholz anzündete, um nach der Uhr zu sehen, blinzelte Maschenka und strich sich eine nasse Haarsträhne von der Wange. Er legte den Arm um sie, schob mit der anderen Hand sein Fahrrad am Sattel, und so schlenderten sie langsam davon in die Nacht, die jetzt nur noch ein Tröpfeln war. Dann gingen sie den steilen Pfad zur Brücke hinunter, und dort nahmen sie Abschied, so lang hingezogen und kummervoll, als sähen sie sich niemals wieder.

Und in der schwarzen, stürmischen Nacht, am Vorabend seiner Rückreise nach Sankt Petersburg zum Beginn des neuen Schuljahres, als sie sich zum letztenmal auf ihrer Säulenveranda trafen, geschah etwas Schreckliches und Unerwartetes, das vielleicht ein Vorzeichen für alle künftigen Entweihungen war. In dieser Nacht war der Regen besonders geräuschvoll und ihre Begegnung besonders zärtlich. Doch plötzlich schrie Maschenka auf und sprang von der Balustrade herunter. Im Schein eines Streichholzes entdeckte Ganin, daß einer der Fensterläden zur Veranda geöffnet war und daß sich ein Gesicht mit plattgedrückter weißer Nase von innen gegen die schwarze Scheibe preßte. Es bewegte sich und glitt davon, aber sie beide hatten die rötlichen Haare und den offenstehenden Mund schon erkannt: es war der Nachtwächterssohn, ein für seine schmutzigen Reden bekannter, weibstoller Zwanzigjähriger, dem sie immer wieder auf den Parkwegen begegnet waren. In einem einzigen, wütenden Satz warf

Ganin sich gegen das Fenster, zerschmetterte mit dem Rücken die Scheibe und stürzte ins eisige Dunkel hinein. In vollem Schwung stieß er den Kopf gegen einen breiten Brustkasten, der unter dem Aufprall nach Luft schnappte. Und im nächsten Augenblick hatten sie einander gepackt, rollten über das hallende Parkett und stießen gegen die leblosen, mit Überzügen vermummten Möbel. Ganin bekam die rechte Hand frei und begann mit steinharter Faust auf das nasse Gesicht einzuschlagen, das er plötzlich unter sich liegen fand. Und er richtete sich nicht auf als bis der starke Körper, den er fest zu Boden drückte, auf einmal schlaff wurde und zu stöhnen begann. Schweratmend taumelte er zum Fenster, wobei er im Dunkeln gegen weiche Ecken stieß, und kletterte wieder hinaus. Auf der Veranda fand er eine schluchzende, zu Tode erschreckte Maschenka, und nun erst bemerkte er, daß ihm etwas Warmes aus dem Mund rann, das nach Eisen schmeckte, und daß er sich an den Glassplittern die Hände zerschnitten hatte.
Am nächsten Morgen reiste er dann nach Sankt Petersburg ab, und als die geschlossene Kutsche ihn mit weichem, gedämpftem Rumpeln zum Bahnhof fuhr, sah er durchs Fenster noch einmal Maschenka mit ihren Freundinnen am Rand der Chaussee spazierengehen. Die mit schwarzem Leder gepolsterte Wagenwand entzog sie ihm sogleich wieder, und da er nicht allein im Coupé saß, wagte er nicht, einen Blick durch das ovale Rückfenster zu werfen.
An diesem Septembertag gab ihm das Schicksal einen Vorgeschmack seines künftigen Abschieds von Maschenka, seines Abschieds von Rußland.
Es war eine quälende Prüfung und eine geheimnisvolle Vorausschau; die Vogelbeerbäume mit ihren bren-

nendroten Früchten waren von einer seltsamen Trauer umfangen, als sie einer nach dem andern in den grauen Dunst zurückwichen, und er konnte es einfach nicht glauben, daß er im nächsten Frühjahr diese Felder, diesen einsamen Findlingsstein, diese nachdenklichen Telegrafenmasten wiedersehen würde.

Zu Hause in Sankt Petersburg wirkte alles neuartig sauber, hell und entschieden – wie immer, wenn man vom Lande zurückkehrt. Die Schule fing wieder an; er war in der vorletzten Klasse und nahm seine Arbeit kaum ernst. Dann fiel der erste Schnee, und die schmiedeeisernen Gitter, die Rücken der schicksalsergebenen Pferde und die Brennholzladungen auf den Lastkähnen waren von einer dünnen Schicht flaumiger Weiße bedeckt.

Maschenka kam erst im November nach Sankt Petersburg. Sie trafen sich unter demselben Torbogen, wo Lisa in Tschaikowskis Oper *Pique Dame* stirbt. Weiche, übergroße Schneeflocken schwebten senkrecht herunter durch eine Luft so grau wie mattes Glas. Bei diesem ihrem ersten Zusammentreffen in Sankt Petersburg kam ihm Maschenka merklich verändert vor, vielleicht weil sie einen Hut und einen Pelzmantel trug. Und mit diesem Tag begann ein neuer, vom Schnee bestimmter Abschnitt ihrer Liebe. Es war schwierig, sich zu treffen, und quälend, längere Zeit im Frost spazierenzugehen; am quälendsten aber war es, in Museen oder Kinos ein warmes Plätzchen zum Alleinsein suchen zu müssen. Kein Wunder, daß sie beide sich in den häufigen, ergreifend zärtlichen Briefen, die sie einander an den leeren Tagen des Getrenntseins schrieben (er wohnte am Englischen Kai, sie in der Karawannaja), wehmütig an die Parkwege und an den Duft des fallenden Laubes wie an etwas unsagbar Teures und unwiederbringlich Vergangenes erinnerten. Vielleicht wollten sie mit solchen bittersüßen Erinnerungen nur ihre Liebe beleben, aber vielleicht spürten sie auch, daß ihr wahres Glück vorüber war. Abends riefen sie sich dann an, ob der Brief auch angekommen sei, oder wann und wo sie sich wieder treffen wollten. Maschenkas amüsante kehlige Laute klangen am Telefon noch bezaubernder; sie sagte ihm Stücke von kleinen Gedichten auf, lachte warm und preßte sich die Sprechmuschel an die Brust, und er stellte sich vor, er könne ihr Herz schlagen hören.

So redeten sie oft stundenlang miteinander.

Sie trug in jenem Winter einen grauen Pelzmantel, der sie ein bißchen dicker aussehen ließ, und wildlederne Gamaschen, die sie einfach über ihre leichten Sommerschuhe streifte. Er sah sie nie erkältet oder auch nur frierend. Frost und Schneetreiben machten sie sogar noch munterer, und bei einem eisigen Schneesturm entblößte er in einer dunklen kleinen Gasse ihre Schultern; die Schneeflocken kitzelten sie, und sie lächelte ihn durch nasse Wimpern an, drückte seinen Kopf an sich, und ein Häufchen Schnee rieselte von seiner Persianermütze auf ihre nackte Brust.

Diese Begegnungen in Sturm und Frost quälten ihn mehr als sie. Er spürte, wie dieses unvollkommene Beieinander ihre Liebe abnützte und allmählich brüchig werden ließ. Jede Liebe braucht Einsamkeit, Obdach, Zuflucht – aber sie hatten keine Zuflucht. Ihre Familien waren nicht miteinander bekannt, und die Heimlichkeit, die sie anfangs so genossen hatten, war jetzt nur hinderlich. Ganin begann sich vorzustellen, daß alles noch gut werden könne, wenn sie, und sei es nur in einem möblierten Zimmer, seine Geliebte würde – und dieser Gedanke blieb ihm irgendwie beharrlich im Kopf, und zwar losgelöst von seinem eigentlichen Verlangen, das unter der Qual ihrer kärglichen Berührungen schon schwächer wurde.

So streiften sie den ganzen Winter umher, erinnerten sich an ihre Tage auf dem Lande, träumten vom nächsten Sommer, stritten gelegentlich in aufwallender Eifersucht und drückten einander fest die Hände, wenn sie unter der zottigen, zu kurzen Decke einer Schlittendroschke nebeneinander saßen. Und dann, zu Beginn des neuen Jahres, mußte Maschenka mit den Ihren nach Moskau. Seltsamerweise war dieser Abschied für Ganin eine Erleichterung.

Er wußte, daß sie im Sommer wieder in eine Datscha auf dem Besitz seiner Eltern in der Provinz von Sankt Petersburg kommen wollte. Zuerst dachte er viel daran, malte sich einen neuen Sommer und neue Begegnungen aus und schrieb ihr weiter die gleichen, eindringlichen Briefe. Doch dann schrieb er allmählich seltener, und als seine Familie Mitte Mai wieder auf ihren Landsitz übersiedelte, hörte er ganz damit auf. Und in diesen Tagen fand er auch die Zeit, mit einer eleganten und bezaubernden blonden Dame, deren Mann in Galizien an der Front war, ein Verhältnis anzuknüpfen und wieder zu lösen.

Dann kam Maschenka zurück.

Ihre Stimme knisterte schwach aus weiter Ferne, es summte im Telefon wie in einer Seemuschel, und mitunter mischte sich eine noch fernere Stimme aus einer anderen Verbindung ein, die mit irgend jemandem ein Gespräch in der vierten Dimension führte – das Telefon im Landhaus seiner Eltern war ein altes Modell mit

einer Kurbel –, und zwischen Maschenka und ihm lagen 50 Kilometer tosender Finsternis.
«Ich komm zu dir», schrie Ganin in die Sprechmuschel. «Ich sagte, ich komme zu dir. Mit dem Rad. Das schaffe ich in zwei, drei Stunden.»
«– wollte einfach nicht wieder nach Woskresjensk. Hörst du noch? Papa wollte auf keinen Fall wieder in Woskresjensk eine Datscha mieten. Von dir bis hierher sind es aber fünfzig –»
«Vergessen Sie ja nicht Ihre Stiefel», sagte eine leise, gleichgültige Stimme plötzlich dazwischen.
Dann war wieder Maschenka durch das Summen zu hören, ein winziges Stimmchen, als spräche sie durch ein umgedrehtes Fernrohr. Und als sie ganz verschwunden war, lehnte Ganin sich an die Wand und spürte, daß seine Ohren glühten.
Gegen drei Uhr nachmittags fuhr er los, in Sporthemd und kurzer Fußballerhose und mit gummibesohlten Schuhen an den bloßen Füßen. Er fuhr rasch, da er den Wind im Rücken hatte, und suchte sich möglichst die glatten Stellen zwischen den spitzen Steinen auf der Chaussee aus, und dabei fiel ihm wieder ein, wie oft er im vergangenen Juli an Maschenka vorbeigefahren war, ehe er sie kennengelernt hatte.
Nach etwa fünfzehn Kilometern platzte der Hinterreifen, und er brauchte lange, bis er ihn am Rande des Straßengrabens wieder geflickt hatte. Lerchen sangen über den Feldern beiderseits der Chaussee; ein graues Kabriolett mit zwei Offizieren, die Eulenbrillen trugen, brauste in einer grauen Staubwolke an ihm vorbei. Er pumpte den geflickten Reifen fest auf und fuhr weiter – mit so etwas hatte er nicht gerechnet, und nun war er schon eine ganze Stunde zu spät dran. Er bog

von der Chaussee auf einen Waldweg ab, den ihm ein vorbeikommender Muschik gezeigt hatte. Dann bog er wieder ab, aber diesmal auf einen falschen Weg und brauchte lange, bis er zur richtigen Chaussee zurückgefunden hatte. In einem kleinen Dorf machte er Rast und aß etwas, und dann, als nur noch zwölf Kilometer vor ihm lagen, fuhr er über einen spitzen Stein, und wieder ging dem Hinterreifen pfeifend die Luft aus.

Als er endlich das Städtchen erreichte, in dem Maschenka den Sommer verbrachte, wurde es schon dunkel. Sie erwartete ihn, wie verabredet, am Tor des Stadtparks, hatte aber alle Hoffnung aufgegeben, da sie nun schon seit sechs Uhr nach ihm Ausschau hielt. Als sie ihn erblickte, stolperte sie vor Aufregung und wäre fast hingefallen. Sie trug ein durchscheinendes weißes Kleid, das Ganin noch nicht kannte. Die schwarze Haarschleife war verschwunden, und deshalb wirkte ihr lieblicher Kopf irgendwie kleiner. Sie hatte blaue Kornblumen in ihren hochgesteckten Haaren.

An diesem Abend, der sonderbar langsam dunkelte, unter den Linden im weiten Stadtpark, auf einer Steinplatte, die tief ins Moos gesunken war, lernte Ganin sie im Verlauf dieser einen kurzen Begegnung inniger lieben als je zuvor, und seine Liebe zu ihr erlosch, wie ihm schien, für immer.

Erst sprachen sie in verzückter Hast miteinander – wie lange sie sich nicht gesehen hatten, und daß ein Glühwürmchen, das im Moos leuchtete, wie ein winziges Lichtsignal wirke. Ihre lieben, lieben Tatarenaugen glitten ganz nah an sein Gesicht heran, ihr weißes Kleid schimmerte im Dunkeln, und, o Gott, ihr Duft – wie unbegreiflich, wie einzigartig auf der Welt.

«Ich bin dein», sagte sie, «tu mit mir, was du willst.»

Schweigend und mit klopfendem Herzen beugte er sich über sie und strich ihr mit den Händen über die weichen, kühlen Beine. Aber der Park war voll sonderbar raschelnder Geräusche, immerfort schien jemand hinter den Büschen näher zu kommen; die Kälte und die Härte der Steinplatte tat seinen nackten Knien weh, und Maschenka lag allzu ergeben, allzu reglos da.
Er hielt inne; dann stieß er ein verlegenes kurzes Lachen aus. «Ich habe dauernd das Gefühl, als ob da jemand wäre», sagte er und stand auf.
Maschenka seufzte, brachte ihr weiß verschwimmendes Kleid wieder in Ordnung und stand ebenfalls auf.
Als sie dann zurück zum Parktor gingen, über einen vom Mondlicht gefleckten Weg, bückte sich Maschenka zum Rasen hinunter und hob eines der blaßgrünen Glühwürmchen auf, die sie dort gesehen hatten. Sie hielt es auf der flachen Hand, beugte sich darüber, um es aus der Nähe zu betrachten, lachte dann plötzlich und sagte im drollig parodierten Ton eines Dorfmädchens: «Ach du liebe Güte, es ist wirklich nur ein kaltes Würmchen.»
In diesem Moment rang sich Ganin, der müde und unzufrieden mit sich selber war und in seinem leichten Sporthemd fror, zu dem Schluß durch, daß alles aus sei und daß er Maschenka nicht mehr liebe. Und als er ein paar Minuten später im dunstigen Mondlicht auf der bleichen Chaussee heimwärts fuhr, wußte er, daß er sie nie wieder besuchen würde.
Der Sommer ging vorbei. Maschenka schrieb nicht, rief ihn nicht an, und er selbst war von anderen Dingen, anderen Gefühlen in Anspruch genommen.
Wieder kehrte er zum Winter nach Sankt Petersburg zurück, machte sein Abschlußexamen, früher als üb-

lich, schon im Dezember, und trat in die Michailowsche Kadettenschule ein. Im darauffolgenden Sommer, im Jahr der Revolution, traf er Maschenka noch einmal. Es war gegen Abend, und er stand auf einem Bahnsteig des Warschauer Bahnhofs. Der Zug, mit dem Städter in die Ferien zu ihren Datschas fuhren, war gerade eingelaufen. Ganin wartete auf das Glockensignal, das die Abfahrt ankündigte, und ging so lange den schmutzigen Bahnsteig auf und ab. Sein Blick blieb auf einem zerbrochenen Gepäckkarren haften, aber er dachte an etwas anderes: an die Schießerei tags zuvor auf dem Newski-Prospekt, und zugleich war er verärgert, weil er keine Telefonverbindung mit dem Landhaus bekommen hatte und nun den ganzen Weg vom Bahnhof dorthin im Schneckentempo in einer Droschke zurücklegen mußte.

Als die Glocke zum dritten Mal anschlug, ging er zu dem einzigen blauen Wagen des Zuges hinüber und schickte sich an, auf den Perron hinaufzusteigen – und dort stand Maschenka und blickte zu ihm herunter. Sie hatte sich verändert in diesem Jahr, vielleicht war sie etwas magerer geworden, und sie trug einen ungewohnten blauen Mantel mit Gürtel. Ganin begrüßte sie verlegen, und da hörte man das Scheppern von Puffern, und der Zug setzte sich in Bewegung. Sie blieben auf dem Perron stehen. Maschenka mußte ihn schon eher gesehen haben und war absichtlich auf den Perron des blauen Wagens gestiegen, obwohl sie sonst immer in einem gelben reiste, und nun wollte sie mit ihrer Fahrkarte zweiter Klasse nicht in eines der Abteile gehen. Sie hatte eine Tafel Blighen & Robinson-Schokolade in der Hand, brach ein Stück ab und bot es ihm an.

Mancher, der ein Buch liest, murrt . . .

... wenn er Werbung findet, wo er Literatur suchte. Reklame in Büchern!!!? Warum nicht auch zwischen den Akten in Bayreuth oder neben den Gemälden in der Pinakothek?

«Rowohlts Idee mit der Zigarettenreklame im Buch (finde ich) gar nicht anfechtbar, vielmehr sehr modern. Hauptsache, es hat Erfolg und nützt dem Buch, was die deutsche Innerlichkeit dazu sagt, ist allmählich völlig gleichgültig, die will ihren Schlafrock und ihre Ruh und will ihre Kinder dußlig halten und verkriecht sich hinter Salbadern und Gepflegtheit und möchte das Geistige in den Formen eines Bridgeclubs halten – dagegen muß man angehen ...»

Das schrieb Ende 1950 – Gottfried Benn.

An Stelle der «Zigarettenreklame» findet man nun in diesen Taschenbüchern Werbung für Pfandbriefe und Kommunalobligationen. «Hauptsache, es hat Erfolg und nützt dem Buch.» Und es nützt auch dem Leser. (Für die Jahreszinsen eines 100-Mark-Pfandbriefs kann man sich beispielsweise ein Taschenbuch kaufen.)

Ganin wurde bei ihrem Anblick schrecklich traurig: ihr ganzes Auftreten hatte jetzt etwas Sonderbares und Furchtsames, sie lächelte seltener, und immer wieder wandte sie den Kopf ab. An ihrem zarten Hals waren bläuliche Male zu sehen – ein Schattenhalsband, das sehr gut zu ihr paßte. Er redete Unsinn, zeigte ihr die Kugelschramme an seinem hohen Stiefel, sprach über Politik, und der Zug ratterte zwischen Torfsümpfen hindurch, die im braungelben Brodeln des Sonnenuntergangs schwelten; der graue Torfrauch trieb weich über den Boden hin und bildete gleichsam zwei Nebelwogen, zwischen denen sich der Zug seinen Weg bahnte.

Sie stieg an der ersten Station aus, und er blieb noch lange auf dem Perron stehen und starrte ihrer davonschreitenden blauen Gestalt nach, und je weiter sie entschwand, desto klarer wurde ihm, daß er sie nie würde vergessen können. Sie blickte sich nicht mehr um. Aus der Dämmerung drang der schwere, flaumige Duft von blühendem wilden Wein.

Als der Zug weiterfuhr, ging er ins Abteil. Dort war es dunkel, der Schaffner hatte es für überflüssig gehalten, in leeren Abteilen die Lampendochte anzuzünden. Ganin streckte sich auf dem gestreiften Polster des sofaartigen Sitzes aus und beobachtete durch die offene Tür und das Fenster im Gang dahinter, wie die dünnen Telegrafendrähte im Rauch des schwelenden Torfs und im dunklen Gold der Abendsonne auf und nieder schwangen. Es war seltsam und etwas unheimlich, in diesem leeren, ratternden Wagen zwischen Strömen grauen Rauchs dahinzureisen, und sonderbare Gedanken gingen ihm durch den Kopf, als wäre das alles schon einmal so gewesen – als hätte er so dagelegen wie

jetzt, den Hinterkopf in die verschränkten Hände gebettet, und als wäre in der zugigen, ratternden Finsternis derselbe rauchige Sonnenuntergang prunkend und dröhnend an den Fenstern vorbeigeglitten.
Er hatte Maschenka nie wiedergesehen.

10

Das Dröhnen nahm zu, flutete herein, eine bleiche Wolke verhüllte das Fenster, ein Glas klirrte auf dem Waschtisch. Dann war der Stadtbahnzug vorbei, und man konnte draußen wieder die Schienen erkennen, die sich vom Fenster aus in eine leere Weite auffächerten. Berlin, mild und dunstig, gegen Abend, im April.
An diesem Donnerstag zur Dämmerstunde, da der Lärm der Stadtbahnzüge hohler klang als je zuvor, kam Klara in höchster Erregung zu Ganin herein, um ihm eine Botschaft von Ludmilla auszurichten. «Sage ihm», so hatte Ludmilla ihrer Freundin aufgetragen, «sage ihm, daß ich keine von den Frauen bin, die ein Mann einfach fallenlassen kann. Das besorge ich selber, ich lasse ihn fallen. Sage ihm, daß ich nichts mehr mit ihm zu tun haben will und nichts von ihm verlange; aber ich finde, es ist eine Schweinerei, daß er meinen Brief nicht beantwortet hat. Ich wollte mich in aller Freundschaft von ihm trennen und ihm vorschlagen, daß wir, auch wenn wir uns nicht mehr lieben, doch wenigstens Freunde bleiben könnten, aber ihm war es schon zu viel Mühe, mich anzurufen. Sag ihm, Klara, daß ich ihm Glück wünsche mit seinem deutschen Mädchen; ich

weiß sicher, daß er mich nicht so schnell vergessen kann, wie er vielleicht glaubt.»
«Wie um alles in der Welt kommt sie nur auf ein deutsches Mädchen?» sagte Ganin und verzog das Gesicht, nachdem Klara ihm, ohne ihn anzusehen, leise und hastig die Botschaft ausgerichtet hatte. «Und überhaupt: warum muß sie jetzt auch noch Sie in die Sache hineinziehen? Das ist alles sehr ärgerlich.»
«Also wirklich, Lew Glebowitsch», stieß Klara hervor und überschüttete ihn mit einem ihrer feuchten Blicke. «Sie sind ein herzloser Mensch. Ludmilla denkt doch nur Gutes von Ihnen, Sie sind ihr Ideal, aber wenn sie alles über Sie erführe –» Ganin blickte sie mit freundlicher Verwunderung an. Klara wurde verlegen und senkte die Augen.
«Ich hab Ihnen die Botschaft nur ausgerichtet, weil sie mich darum gebeten hat», sagte sie leise.
«Ich muß fort von hier», sagte Ganin nach kurzem Schweigen. «Dieses Zimmer, die Stadtbahnzüge, Erikas Kocherei – das alles habe ich satt. Außerdem geht mein Geld zu Ende, ich werde bald wieder arbeiten müssen. Ich habe mir vorgenommen, am Samstag Berlin für immer zu verlassen und in den Süden zu fahren, in irgendeine Hafenstadt.»
Er ballte eine Hand zur Faust und öffnete sie wieder und versank in Grübeln.
«Ich weiß nur noch nicht – da ist noch eine Sache . . . Sie würden staunen, wenn Sie wüßten, was mir gerade eingefallen ist. Ein außergewöhnlicher, ein unglaublicher Plan! Wenn etwas daraus wird, bin ich übermorgen nicht mehr in der Stadt.»
‹Was für ein sonderbarer Mensch er ist›, dachte Klara mit jenem beklemmenden Gefühl der Einsamkeit, das

uns immer überfällt, wenn jemand, der uns teuer ist, sich einem Tagtraum hingibt, in dem wir keinen Platz haben.
Ganins glänzende schwarze Pupillen weiteten sich, die dichten Wimpern verliehen seinen Augen einen warmen, weichen Ausdruck, und als sich ein heiteres, nachdenkliches Lächeln in seinem Gesicht ausbreitete, schob seine Unterlippe sich etwas in die Höhe und ließ den weißen Streifen seiner ebenmäßigen Zähne aufblitzen. Seine dunklen Brauen, die Klara an Stückchen von teurem Pelz erinnerten, schoben sich abwechselnd zusammen und auseinander, und weiche Falten entstanden auf seiner glatten Stirn und vergingen wieder.
Er bemerkte Klaras Blicke, blinzelte ein paarmal, strich sich mit der Hand über das Gesicht und besann sich endlich, was er ihr noch hatte sagen wollen. «Ja. Ich reise ab, und damit ist alles zu Ende. Sagen Sie ihr nur: Ganin reist ab und bittet sie, nicht schlecht von ihm zu denken. Das wäre alles.»

11

Am Freitagmorgen schickten die Tänzer bei den vier anderen Pensionsgästen einen Zettel herum, auf dem es hieß:

«In Anbetracht dessen, daß
1. Monsieur Ganin uns verläßt,
2. Monsieur Podtjagin im Begriffe steht, uns zu verlassen,

3. Monsieur Alferoff morgen die Ankunft seiner Frau erwartet,
4. Mademoiselle Klara ihren 26. Geburtstag feiert und
5. die Unterzeichneten hierselbst ein Engagement erhalten haben, in Anbetracht aller dieser Umstände veranstalten wir heute abend um zehn im Zimmer des 6. April eine kleine Feier.»

«Wie nett von den beiden», sagte Podtjagin lächelnd, als er mit Ganin, der sich bereit erklärt hatte, ihn zur Polizei zu begleiten, das Haus verließ. «Wo wollen Sie eigentlich hin, wenn Sie jetzt von Berlin weggehen, Ljowuschka? Weit weg? Ja, Sie sind ein richtiger Zugvogel. Als ich jung war, wollte ich auch immer verreisen und die ganze weite Welt in mich aufnehmen. Na ja, und beinah ist es mir ja auch gelungen.»
Er duckte sich gegen den frischen Frühlingswind und schlug den Kragen seines guterhaltenen dunkelgrauen, mit großen Hornknöpfen besetzten Mantels hoch. Noch immer spürte er die Nachwirkungen seines Herzanfalls, eine lähmende Schwäche in den Beinen, doch heute wurde ihm fröhlich und leicht zumute bei dem Gedanken, daß das Hin und Her um seinen Paß nun höchstwahrscheinlich bald ein Ende haben würde, und er vielleicht sogar die Erlaubnis bekäme, gleich morgen schon nach Paris abzureisen.
Das große purpurrote Gebäude des Polizeipräsidiums ging auf vier Straßen zugleich hinaus. Es war in einem grimmigen und außerordentlich geschmacklosen gotischen Stil erbaut, mit trüben Fenstern und einem überaus interessanten Hof, zu dem der Zutritt verboten war, und am Haupteingang stand ein unerschütterli-

cher Polizist. Ein Pfeil an der Mauer wies über die Straße zu einem Fotoatelier hin, wo man innerhalb von zwanzig Minuten ein klägliches Abbild seiner selbst bekommen konnte: ein halbes Dutzend identischer Physiognomien, von denen eine auf die gelbe Seite des Passes geklebt wurde, eine zweite ins Polizei-Archiv wanderte, während die übrigen wahrscheinlich unter den Beamten verteilt wurden und in deren Privatsammlungen landeten.

Ganin und Podtjagin traten in einen breiten grauen Gang. Neben der Tür zur Paßabteilung stand ein kleiner Tisch, an dem ein pensionsreifer, schnauzbärtiger Beamter Kärtchen mit Nummern ausgab und hin und wieder über seine Brille einen schulmeisterlichen Blick auf die kleine, vielsprachige Schar von Leuten warf.

«Sie müssen sich dort in die Schlange stellen und sich eine Nummer holen», sagte Ganin.

«Und das habe ich bisher noch nie gemacht», antwortete der alte Dichter im Flüsterton. «Ich bin immer gleich durch die Tür gegangen.»

Als er ein paar Minuten später sein Kärtchen bekommen hatte, war er ganz selig und sah nun mehr denn je wie ein dickes Meerschweinchen aus.

In dem kahlen, muffigen, sonnenhellen Amtszimmer, wo hinter einer niedrigen Schranke die Beamten an ihren Schreibtischen saßen, warteten wiederum zahlreiche Menschen, die nur aus einem Grund hier versammelt schienen: um diesen kümmerlichen Schreiberlingen zuzusehen.

Ganin drängte sich nach vorn durch, und Podtjagin schnaufte vertrauensvoll hinter ihm her.

Eine halbe Stunde später hatten sie Podtjagins Paß abgegeben und zogen zu einem anderen Schreibtisch.

Wieder eine Schlange, wieder Gedränge, der übelriechende Atem von irgend jemandem, und schließlich bekamen sie, gegen eine Gebühr von ein paar Mark, das gelbe Schriftstück zurück, aber nun geschmückt mit dem Zauberstempel.
«Und jetzt zum Konsulat», krächzte Podtjagin freudig, als sie das so bedrohlich aussehende, aber in Wahrheit recht trübselige Polizeipräsidium verließen. «Jetzt ist alles unter Dach und Fach. Wie schaffen Sie es nur, so ruhig mit denen zu sprechen, Lew Glebowitsch? Für mich war es jedesmal die reinste Tortur! Kommen Sie, wir fahren im Omnibus auf dem Oberdeck. Nein, wie ich mich freue! Ich bin richtig ins Schwitzen gekommen.»
Er polterte als erster die Wendeltreppe hinauf, der Schaffner oben schlug mit der Hand gegen die Blechbrüstung, der Bus fuhr los; und nun glitten Häuser, Reklametafeln und sonnige Schaufenster an ihnen vorüber.
«Unsere Enkel werden diesen ganzen Unsinn mit den Visa nicht begreifen», sagte Podtjagin und betrachtete ehrfürchtig seinen Paß. «Sie werden nie und nimmer begreifen, wieviel menschliche Ängste mit so einem simplen Stempelabdruck verbunden waren. Aber was glauben Sie?» fügte er besorgt hinzu. «Ob die Franzosen mir jetzt wirklich ein Visum geben?»
«Aber natürlich», sagte Ganin. «Schließlich hat man Ihnen doch gesagt, die Genehmigung sei da.»
«Ich glaube, dann fahre ich gleich morgen.» Podtjagin lächelte. «Fahren wir doch zusammen, Ljowuschka. Es wird schön in Paris. Aber nein, jetzt sehen Sie sich mal an, was für eine Fratze ich auf dem Bild da habe.»
Ganin blickte über seinen Arm hinweg auf den Paß und

die Fotografie. Sie war wirklich bemerkenswert: da schwamm ein verwirrtes, verquollenes Gesicht in einem trübgrauen Nebel.
«Ich habe sogar zwei Pässe», sagte Ganin und lächelte. «Einen russischen, der echt, aber sehr alt ist, und einen falschen polnischen, den ich jetzt immer benutze.»
Um das Fahrgeld bezahlen zu können, legte Podtjagin sein gelbes Dokument neben sich auf die Bank, klaubte aus den verschiedenen Münzen in seiner Hand vierzig Pfennig heraus und sah zu dem Schaffner auf:
«Genug?»
Dann blickte er Ganin von der Seite an.
«Was sagten Sie da gerade, Lew Glebowitsch? Ein gefälschter Paß?»
«In der Tat. Mein Vorname ist wirklich Lew, aber mein Familienname sicher nicht Ganin.»
«Aber was soll denn das, lieber Freund?» Podtjagin rollte erstaunt mit den Augen, und plötzlich griff er nach seinem Hut – es wehte ein heftiger Wind.
«Nun ja, es hat sich eben so ergeben», sagte Ganin nachdenklich. «Das war vor ungefähr drei Jahren. Eine Partisanentruppe. In Polen. Na, und so weiter. Ich glaubte, ich könnte mich nach Sankt Petersburg durchschlagen und einen Aufstand anzetteln. Und nun ist es ganz praktisch und recht amüsant, diesen Paß zu haben.»
Podtjagin wandte auf einmal den Blick ab und sagte traurig: «Ich hab heute nacht wieder von Sankt Petersburg geträumt, Ljowuschka. Ich ging den Newski-Prospekt hinunter. Ich wußte, es war der Newski-Prospekt, obwohl alles ganz anders aussah als dort. Die Häuser hatten schiefe Ecken wie auf einem futuristischen Gemälde, und der Himmel war schwarz, obwohl

ich genau wußte, daß es Tag war. Und die Passanten sahen mich alle ganz seltsam an. Dann kam ein Mann über die Straße und zielte auf meinen Kopf. Ich sehe ihn oft im Traum. Es ist schrecklich, oh, schrecklich – wenn wir von Rußland träumen, träumen wir nie so schön davon, wie wir es kennen und wie es in Wirklichkeit war. Sondern wir träumen immer nur von etwas Ungeheuerlichem, die Sorte von Träumen, in denen der Himmel einstürzt und man das Gefühl hat, das Ende der Welt sei herbeigekommen.»

«Ich nicht», sagte Ganin. «Ich träume nur Schönes. Immer dieselben Wälder, dasselbe Landhaus. Manchmal ist nur alles merkwürdig verlassen und hat unbekannte Lichtungen. Aber das macht nichts. Wir müssen hier aussteigen, Anton Sergejewitsch.»

Er ging die Wendeltreppe hinunter und half Podtjagin auf die Straße.

«Sehen Sie nur, wie da drüben das Wasser funkelt», bemerkte Podtjagin; er atmete mühsam und deutete mit allen fünf Fingern auf den Kanal.

«Vorsicht – ein Radfahrer», sagte Ganin. «Und da drüben rechts ist das Konsulat.»

«Seien Sie herzlich bedankt, Lew Glebowitsch. Allein wäre ich nie mit den Amtsschimmeln zurechtgekommen. Es ist eine große Erleichterung für mich. Lebe wohl, Deutschland!»

Sie betraten das Konsulatsgebäude. Als sie die Treppe hinaufstiegen, begann Podtjagin in seinen Taschen nach etwas zu suchen.

«Kommen Sie doch», sagte Ganin und wandte sich um. Aber der alte Mann suchte immer noch.

12

Nur vier der Pensionsgäste waren zum Mittagessen erschienen.
«Warum sind unsere Freunde wohl so spät dran?» fragte Alferoff vergnügt. «Ich fürchte, sie haben mal wieder nichts erreicht.»
Alles an ihm atmete freudige Erwartung. Tags zuvor war er auf dem Bahnhof gewesen, um die genaue Ankunftszeit des Morgenschnellzugs aus dem Norden festzustellen: 8.05. Heute hatte er seinen Anzug ausgebürstet und ein Paar neue Manschetten sowie einen Strauß Maiglöckchen gekauft. Seine finanziellen Verhältnisse schienen sich geregelt zu haben. Bis kurz vor dem Mittagessen hatte er im Café mit einem düsteren, glattrasierten Herrn zusammengesessen und sich ein zweifellos gewinnträchtiges Geschäftsobjekt auseinandersetzen lassen. Doch jetzt war sein rechenkundiger Verstand nur mit einer einzigen Zahl beschäftigt, die aus dem Vielfachen einer Maßeinheit und einem Bruch davon bestand: acht Punkt null fünf. Das war die Meßzahl des Glücks, die ihm das Schicksal einstweilen zugestanden hatte. Und morgen – er kniff die Augen zusammen, seufzte und stellte sich vor, wie er schon in aller Frühe zum Bahnhof gehen und auf dem Bahnsteig warten würde, und wie dann der Zug angebraust käme –
Nach dem Mittagessen verschwand er, genau wie die Tänzer, die mit geheimnisvoller Miene und aufgeregt wie zwei Frauen in die Stadt eilten, um noch ein paar kleine Leckerbissen einzukaufen.
Nur Klara blieb im Haus. Sie hatte Kopfschmerzen,

und auch die dünnen Knochen ihrer vollen Beine taten ihr weh, was ihr sehr ungelegen kam, da heute ihr Geburtstag war. ‹Jetzt bin ich sechsundzwanzig›, dachte sie, ‹und morgen reist Ganin endgültig ab. Er ist ein schlechter Mensch, er betrügt die Frauen und ist sogar zu einem Verbrechen fähig. Er kann mir gelassen in die Augen sehen, obwohl er weiß, daß ich beobachtet habe, wie er gerade Geld stehlen wollte. Und doch ist er ein wunderbarer Mann, und ich denke buchstäblich den ganzen Tag an ihn. Und dabei ist das völlig hoffnungslos.›

Sie betrachtete sich im Spiegel. Ihr Gesicht war blasser als sonst, auf der Stirn bekam sie unter einer tiefhängenden, kastanienbraunen Haarsträhne einen leichten Hautausschlag, und außerdem hatte sie Schatten unter den Augen. Ihr glänzendes schwarzes Kleid, das sie tagaus, tagein trug, hatte sie gründlich satt; an der Naht eines ihrer dunklen, durchsichtigen Strümpfe war sehr deutlich eine gestopfte Stelle zu sehen; und der Absatz ihres einen Schuhs war schiefgetreten.

Podtjagin und Ganin kamen gegen fünf zurück. Klara hörte ihre Schritte und sah hinaus. Podtjagin war bleich wie der Tod, sein Mantel war weit geöffnet, und er hielt seinen Kragen und seine Krawatte in der Hand; er ging schweigend vorbei in sein Zimmer und schloß die Tür hinter sich ab.

«Was ist passiert?» fragte Klara flüsternd.

Ganin schnalzte mit der Zunge. «Er hat seinen Paß verloren, und dann bekam er einen Herzanfall. Hier direkt vor der Haustür. Ich konnte ihn kaum nach oben schleppen. Leider geht der Aufzug mal wieder nicht. Wir sind in der ganzen Stadt herumgelaufen und haben gesucht.»

«Ich muß zu ihm», sagte Klara, «er braucht doch jetzt Trost.»
Podtjagin wollte sie zuerst nicht hereinlassen. Als er dann endlich die Tür aufschloß, stöhnte Klara laut auf, wie sie seinen wirren, verstörten Gesichtsausdruck sah.
«Haben Sie schon gehört?» sagte er mit wehmütigem Lächeln. «Ich bin ein alter Idiot! Alles war endlich soweit, verstehen Sie – und dann muß mir das . . .»
«Wo kann er Ihnen nur aus der Hand gefallen sein, Anton Sergejewitsch?»
«Das ist es ja: ich habe ihn fallen lassen. Dichterische Freiheit. Der elidierte Paß. Die ‹Wolke in Hosen› von Majakowski. Ein riesengroßer umwölkter Kretin – das bin ich.»
«Vielleicht findet ihn ja jemand», meinte Klara mitfühlend.
«Ausgeschlossen. Das war das Schicksal. Und seinem Schicksal kann niemand entrinnen. Ich bin verdammt dazu, hier nie mehr wegzukommen. So war es mir vorherbestimmt.»
Er ließ sich schwer in den Sessel fallen.
«Mir geht es gar nicht gut, Klara. Eben auf der Straße habe ich so wenig Luft gekriegt, daß ich dachte, jetzt ist es aus. Mein Gott, ich weiß einfach nicht, was ich jetzt noch machen soll. Außer vielleicht ins Gras beißen.»

13

Unterdessen war Ganin in sein Zimmer zurückgekehrt und begann zu packen. Er zog zwei Lederkoffer unter dem Bett hervor – der eine in kariertem Überzug, der andere nackt und dunkelgelb, mit blassen Spuren von Hotelaufklebern – und schüttete ihren Inhalt einfach auf den Fußboden. Dann holte er aus der rissigen, knarrenden Dunkelheit des Kleiderschranks einen schwarzen Anzug, ein schmales Bündel Unterwäsche und ein Paar schwere, messingbeschlagene braune Stiefel hervor. Aus dem Nachttisch holte er eine bunte Sammlung von Kleinkram hervor, Sachen, die er im Laufe der Zeit dort hineingeworfen hatte: zu Knäueln geballte schmutzige Taschentücher, Rasierklingen mit Rostflecken um die kleinen runden Löcher, alte Zeitungen, Ansichtskarten, einen gelben Rosenkranz mit Perlen, die wie Pferdezähne aussahen, und eine zerrissene seidene Socke, die ihre Zwillingsschwester verloren hatte.

Ganin zog seine Jacke aus, hockte sich mitten zwischen den traurigen, verstaubten Plunder und begann zu sortieren, was er mitnehmen und was er wegwerfen wollte. Als erstes packte er den Anzug und die saubere Unterwäsche ein, dann seinen Browning und eine alte Reithose, die im Schritt sehr abgewetzt war.

Während er darüber nachsann, was als nächstes an die Reihe käme, bemerkte er plötzlich eine schwarze Brieftasche, die beim Ausleeren des Koffers unter den Stuhl gefallen war. Er nahm sie auf, wollte sie öffnen und lächelte, als er an ihren Inhalt dachte, aber dann sagte er sich, daß er lieber erst fertig packen sollte, und so schob er die Brieftasche in die hintere Hosentasche und warf dann schnell und wahllos alles mögliche in die offenen Koffer: zusammengeknüllte schmutzige Wäsche, russische Bücher, die Gott weiß woher stammten, und all jene nichtigen, aber irgendwie kostbar gewordenen Gegenstände, an die unsere Augen und Hände sich ge-

wöhnt haben und die nur einem Zweck dienen: daß sich ein Mensch, der zu rastlosem Umherziehen verdammt ist, wenigstens ein bißchen zu Hause fühlt, sobald er diesen lieben, vergänglichen Plunder zum hundertsten Mal wieder auspackt.
Als alles eingepackt war, verschloß Ganin beide Koffer, stellte sie nebeneinander, stopfte den Papierkorb mit den Leichen alter Zeitungen voll, blickte sich in seinem leeren Zimmer noch einmal um und ging hinaus, um bei der Wirtin seine Rechnung zu begleichen.
Lydia Nikolajewna saß, als er eintrat, kerzengerade in ihrem Sessel und las. Ihr Dackel schlitterte vom Bett herunter und sprang in einem kleinen Anfall von hysterischer Ergebenheit zu Ganins Füßen herum.
Als Lydia Nikolajewna begriff, daß Ganin diesmal wirklich abreisen wollte, wurde sie traurig. Ihr gefiel seine hochgewachsene, lockere Gestalt, und sie neigte überhaupt dazu, sich so sehr an ihre Mieter zu gewöhnen, daß deren unvermeidliche Abreise sie jedesmal fast wie ein Todesfall berührte.
Ganin zahlte die Miete für die letzte Woche und küßte ihr die Hand, die leicht war wie ein verwelktes Blatt.
Als er durch den Korridor zurückging, fiel ihm ein, daß die Tänzer ihn für heute abend zu einer kleinen Feier eingeladen hatten, und er beschloß, fürs erste nicht aus dem Hause zu gehen. Er konnte sich ja immer noch ein Hotelzimmer nehmen, wenn nötig sogar nach Mitternacht.
‹Morgen kommt Maschenka›, rief er im stillen und ließ einen seligen und erschreckten Blick über Decke, Boden und Wände des Zimmers schweifen. ‹Und morgen nehme ich sie einfach mit›, überlegte er mit demselben inneren Erschaudern und demselben schwelgerischen

Seufzen aus tiefstem Herzen.
Mit einem flinken Griff zog er die schwarze Brieftasche hervor, in der er die fünf Briefe aufbewahrte, die er von ihr bekommen hatte, als er auf der Krim diente. Und jetzt fiel ihm mit einem Schlag dieser ganze Krim-Winter wieder ein, 1917/18: der Nordostwind, der stechenden Staub über die Kais von Jalta fegte, die Woge, die hoch über die Brustwehr auf die Promenade schlug, die unverschämten und ratlosen bolschewistischen Matrosen, dann die Deutschen mit ihren Pickelhauben, die wie stählerne Pilze aussahen, und die fröhlichen, dreifarbigen Tressen – es waren Tage voll Erwartung, eine bange Atempause; dann eine magere, sommersprossige kleine Prostituierte mit Bubikopf und griechischem Profil, die den Kai hinunterspazierte; und wieder der Nordostwind, wie er im Park die Notenblätter der Musikkapelle davonfegte. Und dann, endlich, bekam seine Kompanie den Marschbefehl: Einquartierung in Tatarendörfern, wo in den winzigen Barbierstuben, als wäre nichts geschehen, den ganzen Tag lang die Rasiermesser blitzten und man die Wangen geruhsam unterm Seifenschaum quellen ließ, während draußen die kleinen Jungen, wie schon vor tausend Jahren, im Straßenstaub ihre Kreisel peitschten. Und dann der verwirrte nächtliche Alarm, als niemand wußte, woher die Schüsse kamen und wer eigentlich dort zwischen den schiefen schwarzen Schatten der Häuser durch die Pfützen von Mondschein sprang.
Ganin nahm den ersten Brief aus dem Päckchen – ein einzelnes dickes, längliches Blatt mit einer Zeichnung links oben: ein zartgliedriger junger Mann in blauem Frack, der einen Strauß blasser Blumen hinter dem Rücken verbarg, küßte die Hand einer ebenso zart-

gliedrigen Dame mit langen Ringellocken und in einem hochgegürteten rosa Kleid.
Dieser erste Brief war ihm aus Sankt Petersburg nach Jalta nachgeschickt worden; sie hatte ihn etwas über zwei Jahre nach ihrem glückseligen Herbst geschrieben.
«Ljowa, nun bin ich schon eine Woche in Poltawa, und es ist grauenhaft langweilig. Ich weiß nicht, ob ich Dich je wiedersehen werde, aber ich möchte, daß Du mich nicht ganz vergißt!»
Ihre Handschrift war klein und rund und sah genauso aus, als liefe sie auf Zehenspitzen. Unter den Buchstaben *ш* und über das *т* hatte sie zur Verdeutlichung Striche gezogen, und der letzte Buchstabe jedes Wortes war mit einem ungestümen Schnippen nach rechts verlängert; nur bei dem Buchstaben *я* am Ende eines Wortes bog sich der Schlußstrich rührend nach links herunter, als wollte Maschenka das Wort im letzten Moment wieder zurücknehmen. Ihre Punkte waren sehr groß und entschieden, aber sie setzte nur wenige Kommas.
«Denk Dir nur, ich sehe jetzt seit einer Woche auf Schnee hinaus, weißen, kalten Schnee. Es ist kalt, ekelhaft und deprimierend. Und plötzlich schwirrt einem, so flink wie ein Vogel, der Gedanke durch den Kopf, daß es irgendwo, weit, weit weg, Menschen gibt, die ein ganz anderes Leben führen. Sie erstarren nicht so wie ich, hier am Ende der Welt, auf einem kleinen Bauernhof.
Nein, wirklich, es ist entsetzlich trübselig hier. Bitte, Ljowa, schreib mir etwas. Selbst wenn es die kleinsten Kinkerlitzchen sind.»
Ganin erinnerte sich, wie er diesen Brief bekommen

hatte und wie er an jenem fernen Januarabend einen steilen, steinigen Pfad hinaufgestiegen war, an tatarischen Pfahlzäunen vorbei, auf denen hier und da Pferdeschädel staken, er erinnerte sich, wie er dann an einem kleinen Bach saß, der in dünnen Rinnsalen über glatte weiße Kiesel floß, und wie er durch die unzähligen zarten, seltsam scharf umrissenen Zweige eines kahlen Apfelbaums in den mild rosafarbenen Himmel hinaufsah, an dem die Sichel des aufgehenden Mondes wie ein durchscheinendes Stück Fingernagel gleißte, und wie daneben, am unteren Horn, ein Tropfen Helligkeit zitterte – der erste Stern.

Er schrieb ihr noch am gleichen Abend – von diesem Stern, von den Zypressen im Garten, von dem Esel, dessen durchdringendes Schreien jeden Morgen aus dem Tatarenhof hinter dem Haus herüberklang. Er schrieb liebevoll, träumerisch und erinnerte sie an die nassen Erlenkätzchen auf dem glitschigen Steg zum Pavillon, wo sie sich zum ersten Mal getroffen hatten.

In jenen Tagen waren Briefe immer sehr lange unterwegs – ihre Antwort kam erst im Juli.

«Vielen, vielen Dank für Deinen guten, lieben, ‹südlichen› Brief. Warum schreibst Du, daß Du immer noch an mich denkst? Und mich nie vergessen wirst? Nein? Wie gut!

Heute ist es so angenehm und frisch, eben nach einem Gewitter. Wie damals, in Woskresjensk, weißt Du noch? Möchtest Du nicht gern wieder einmal durch die vertraute Gegend streifen? Ich ja – schrecklich gern. Wie schön war es, bei Regen im herbstlichen Park herumzulaufen. Wie kommt es, daß wir bei schlechtem Wetter damals nicht traurig waren?

Ich unterbreche jetzt meinen Brief ein Weilchen und

mache einen kleinen Spaziergang.
Ich habe es gestern nicht mehr geschafft, den Brief fertigzuschreiben. Furchtbar von mir, nicht? Verzeih mir, Ljowa, Lieber, ich schwöre, es kommt nicht wieder vor.»

Ganin ließ die Hand mit dem Brief sinken und saß einen Augenblick in Gedanken verloren da. Wie gut entsann er sich noch ihres fröhlich-gezierten Gehabes, ihres rauhen, leisen Lachens, wenn sie ihn um Verzeihung bat, und ihrer sprunghaften Übergänge von einem melancholischen Seufzer zu lodernder Lebhaftigkeit des Ausdrucks.

«Ich war in Sorge um Dich, weil ich nicht wußte, wo Du bist und wie es Dir geht», schrieb sie im selben Brief. «Aber jetzt sollten wir den kleinen Faden, der uns verbindet, nicht mehr abreißen lassen. Es gibt so vieles, was ich Dir schreiben oder Dich fragen möchte, aber dann irren meine Gedanken ab. Ich habe seit jenen fernen Tagen viel Unglück gesehen und erlebt. Also schreib, schreib mir um Gottes willen, schreib oft und schreib viel. Und einstweilen wünsch ich Dir alles, alles Gute. Ich würde mich gern zärtlicher verabschieden, aber vielleicht habe ich es nach all diesen Jahren verlernt. Oder hält mich vielleicht etwas anderes zurück?»

Nach diesem Brief war er tagelang ganz erfüllt von zitterndem Glück. Es war ihm unbegreiflich, wie er sich je von Maschenka hatte trennen können. Er dachte immer nur an ihren ersten Herbst miteinander – alles übrige, die Qualen und Verstimmungen, schienen daneben blaß und bedeutungslos. Ihn bedrückte das schmachtende Dunkel, der konventionelle Glanz des nächtlichen Meers, die samtige Stille der engen Zypres-

senalleen und das Schimmern des Mondlichts auf breiten Magnolienblättern.
Die Pflicht hielt ihn in Jalta fest, der Bürgerkrieg stand bevor, aber so manches Mal entschloß er sich beinahe, alles im Stich zu lassen, loszufahren und auf den Bauernhöfen der Ukraine nach Maschenka zu suchen.
Es war etwas Rührendes und Wunderbares, daß ihre Briefe es immer wieder schafften, das schreckliche Rußland jener Zeit zu durchqueren – wie ein Kohlweißling, der über die Schützengräben flattert. Seine Antwort auf ihren zweiten Brief kam mit sehr großer Verspätung an, und Maschenka konnte einfach nicht fassen, was da geschah, so fest war sie davon überzeugt, daß zumindest für ihrer beider Briefe die üblichen Hindernisse jener Tage nicht bestanden.
«Du findest es sicher sonderbar, daß ich Dir trotz Deines Schweigens wieder schreibe – aber ich glaube nicht, ich weigere mich zu glauben, daß Du mir immer noch nicht antworten willst. Du hast mir nicht deshalb nicht geantwortet, weil Du nicht wolltest, sondern einfach, weil – weil Du nicht konntest, oder weil Du keine Zeit hattest oder so etwas. Sage mir, Ljowa, kommt es Dir heute in der Erinnerung nicht auch komisch vor, was Du mir einst gesagt hast: mich zu lieben sei Dein Leben, und wenn Du mich nicht mehr lieben könntest, würdest Du auch nicht mehr leben? Ja, wie doch alles vergeht, wie die Dinge sich ändern. Möchtest Du das, was geschehen ist, alles noch einmal erleben? Ich glaube, ich bin heute ziemlich schwermütig.

‹Aber da nun der Frühling mit Blüten nicht spart,
Gibt's Mimosen in Hülle und Fülle,
Ich bring Dir ein paar, wie Träume so zart –›

Ein hübsches Gedicht, aber ich weiß weder Anfang noch Ende davon, und ich habe vergessen, wer es geschrieben hat. Jetzt werde ich also auf Deinen Brief warten. Ich weiß nicht, wie ich mich von Dir verabschieden soll. Vielleicht habe ich Dich geküßt. Ja, wahrscheinlich.»

Und nach zwei oder drei Wochen kam der vierte Brief:

«Ljowa, ich bin ja so froh, daß ich Deinen Brief bekommen habe. Es ist so ein schöner, schöner Brief. Ja, man kann niemals vergessen, wie heftig und wie strahlend man einmal geliebt hat. Du schreibst, Du würdest Deine ganze Zukunft für einen Augenblick aus der Vergangenheit hingeben, aber es ist vielleicht besser, daß wir uns erst einmal treffen und unsere Gefühle genauer prüfen.

Ljowa, wenn Du tatsächlich kommen solltest, ruf die Telefonvermittlung an und frage nach Nummer 34. Es kann sein, daß sich jemand auf deutsch meldet: wir haben hier ein deutsches Lazarett. Sag einfach, daß man mich rufen solle.

Gestern war ich in der Stadt, um mich ein bißchen zu ‹amüsieren›. Es war sehr fröhlich, mit viel Musik und mit all den Lichtern. Ein sehr drolliger Mann mit einem kleinen gelben Bart hat mir den Hof gemacht und mich zur ‹Königin des Balls› ernannt. Aber heute ist es wieder langweilig, so langweilig. Was für ein Jammer, daß die Tage so sinnlos und stumpf vergehen – dabei sollen dies doch die besten und glücklichsten Jahre unseres Lebens sein. Es sieht so aus, als würde ich bald eine Heuchlerin werden – ich meine natürlich, eine Heulerin. Aber nein, das darf nicht passieren.

‹Fesseln der Liebe – werfet sie ab,
Grübelt und trauert nicht mehr,
Füllt die Pokale mit funkelndem Wein,
Trinket sie, trinket sie leer –›

Das ist ein Rat, was?
Antworte mir bitte, sowie Du meinen Brief hast. Kommst Du her, um mich wiederzusehen? Unmöglich? Dann ist nichts zu machen. Aber vielleicht könntest Du doch? Was schreibe ich da für einen Unsinn: den ganzen weiten Weg herzukommen, nur um mich wiederzusehen! Ganz schön eingebildet, findest Du nicht?
Gerade hab ich in einer alten Zeitschrift ein Gedicht gelesen, ‹Du meine kleine, blasse Perle› von Krapowitzki. Es gefällt mir sehr gut. Schreibe und erzähle mir bitte alles, aber wirklich alles. Ich küsse Dich. Hier ist noch etwas, das ich gelesen habe – von Podtjagin:

‹Der Vollmond strahlt über Waldrand und Fluß,
Sieh die Wellen, die Schatten – o welch ein Genuß.›»

‹Der gute alte Podtjagin›, dachte Ganin. ‹Wie seltsam. Mein Gott, wie sonderbar. Wenn mir damals jemand gesagt hätte, daß ich ausgerechnet ihn einmal kennenlernen würde!›
Er lächelte, schüttelte den Kopf und faltete den letzten Brief auseinander. Ihn hatte er am Tage vor seiner Abreise an die Front bekommen. Es war ein kalter Januarmorgen gewesen. Er war an Bord und spürte nach dem Ersatzkaffee aus Eicheln eine leichte Übelkeit im Magen.
«Ljowa, mein Lieber, meine Freude! Wie habe ich Dei-

nen Brief erwartet und herbeigesehnt. Es war so schwer und schmerzlich, Dir so zurückhaltende Briefe zu schreiben. Wie konnte ich nur diese drei Jahre ohne Dich leben, wie habe ich das überstehen können, und wofür habe ich da eigentlich gelebt?
Ich liebe Dich. Und wenn Du wiederkommst, werde ich Dich mit Küssen nur so plagen. Erinnerst Du Dich noch?

‹Schreib ihnen: Ljowa, den muß ich küssen
So lang und so oft ich nur kann,
Zum Geburtstag wird er den Helm kriegen müssen,
Den wünscht sich mein kleiner Mann.
Und dem Vater, bitte, schreib dann gesondert –›

Mein Gott, wohin ist das entschwunden – dies ganze ferne, strahlende, zärtliche . . . Ich fühle genau wie Du, daß wir uns wiedersehen werden – aber wann, wann?
Ich liebe Dich. Komm zu mir. Dein Brief war eine solche Freude, daß ich mich immer noch nicht fassen kann vor Glück –»
«Glück», wiederholte Ganin leise und faltete alle fünf Briefe zu einem ordentlichen Päckchen zusammen. «Das ist es – Glück. In zwölf Stunden werden wir uns wiedersehen.»
Er war reglos erstarrt, versunken in geheime, selige Gedanken. Er zweifelte nicht im mindesten, daß Maschenka ihn immer noch liebte. Ihre fünf Briefe hielt er in Händen. Draußen war es jetzt ganz dunkel. Die Beschläge seiner Koffer glänzten. In dem öden Zimmer roch es ein wenig nach Staub.
Er saß noch in derselben Haltung da, als vor seiner Tür Stimmen laut wurden und plötzlich Alferoff, ohne erst

anzuklopfen, in vollem Schwung hereinstürmte.
«Oh, Verzeihung», sagte er ohne besondere Verlegenheit. «Ich dachte, Sie wären schon abgereist.»
Ganin sah mit leeren Augen auf Alferoffs kleinen gelben Bart, seine Finger spielten mit den zusammengefalteten Briefen. In der Tür erschien jetzt die Wirtin.
«Lydia Nikolajewna», fuhr Alferoff fort, warf den Kopf zurück und schritt besitzergreifend durchs Zimmer, «wir müssen das Monstrum da beiseite rücken, damit man die Tür zu meinem Zimmer aufmachen kann.»
Er versuchte, den Kleiderschrank von der Stelle zu bewegen, ächzte vor Anstrengung und taumelte hilflos zurück.
«Lassen Sie mich mal», sagte Ganin belustigt. Er steckte die schwarze Brieftasche ein, stand auf, ging zum Schrank hinüber und spuckte sich in die Hände.

14

Die schwarzen Züge donnerten vorbei und rüttelten die Fenster des Hauses durch; mit einer Bewegung wie von Gespensterschultern, die eine Last abschütteln, schoben sich schwellende Berge von Rauch in die Höhe und löschten den Nachthimmel aus. Die Dächer glühten im Mondlicht glatt und metallisch; und ein dröhnender schwarzer Schatten erwachte unter der eisernen Brükke, als ein schwarzer Zug rumpelnd über sie hinwegfuhr und eine Lichterkette an ihr entlanglaufen ließ. Das klappernde Getöse und die Rauchberge schienen quer durch das Haus zu dringen, das bebend zwischen dem Abgrund stand, wo die Schienenstränge sich wie Kratzspuren eines mondbeschienenen Fingernagels hinzogen, und der Straße, über die eine niedrige Brücke führte und auf das nächste fahrplanmäßige Wagendonnern wartete. Das Haus war körperlos wie ein Gespenst, durch das man die Hand hindurchstrecken und dabei mit den Fingern zappeln konnte.

Ganin stand im Zimmer der Tänzer am Fenster und sah auf die Straße hinunter: der Asphalt glänzte trübe, und schwarze, verkürzte Menschen liefen hierhin und dorthin, verschwanden in einem Schatten und tauchten in den schrägen Lichtstrahlen wieder auf, die von den Schaufenstern zurückgeworfen wurden. Hinter einem vorhanglosen Fenster des Hauses gegenüber waren in einem hellen, bernsteinfarbenen Geviert funkelndes Glas und vergoldete Bilderrahmen zu sehen. Doch dann zog ein eleganter schwarzer Schatten die Rollos herunter.

Ganin wandte sich um. Kolin reichte ihm ein Glas, in dem Wodka zitterte.

Das Zimmer war in ein blasses, unirdisches Licht getaucht; die erfinderischen Tänzer hatten die Lampe mit einem lilafarbenen Seidenschal verhängt. Auf dem Tisch in der Mitte schillerten bläulich die Flaschen, glänzte Öl in geöffneten Sardinenbüchsen; außerdem gab es Pralinen in Silberpapier, ein Mosaik aus Wurstscheiben und Fleischpasteten in Gelee.

Am Tisch saßen Podtjagin, blaß und verdrossen, mit Schweißperlen auf der hohen Stirn, Alferoff mit einer nagelneuen seidenen Jacquard-Krawatte und Klara in ihrem ewigen schwarzen Kleid, mit schmachtendem Blick und schon erhitzt vom billigen Orangenlikör.

Gornozwetow saß ohne Jacke, in einem schmierigen Seidenhemd mit offenem Kragen auf dem Bettrand und stimmte eine Gitarre, die er irgendwo aufgetrieben hatte. Kolin war ständig auf den Beinen, um Wodka, Likör und bleichen Rheinwein einzuschenken, wobei seine breiten Hüften komisch wackelten, während sein magerer Oberkörper, der eng von einer blauen Jacke umspannt war, bei allen Bewegungen fast unbeweglich blieb.

«Was, Sie trinken nicht?» Vorwurfsvoll, mit Schmollmund, stellte er die übliche Gastgeberfrage und sah Ganin von unten herauf schmelzend an.

«Aber ja, nur her damit», sagte Ganin, setzte sich aufs Fensterbrett und nahm das leichte, kühle Weinglas aus der zitternden Hand des Tänzers entgegen. Er stürzte den Wein in einem Zug hinunter und ließ dann den Blick über die Gesellschaft am Tisch schweifen. Alles schwieg – sogar Alferoff, dem es bei dem Gedanken, daß in acht oder neun Stunden seine Frau ankam, vor Aufregung die Sprache verschlagen hatte.

«Die Gitarre wäre jetzt gestimmt», sagte Gornozwetow, drehte noch einmal an einem Wirbel und zupfte die betreffende Saite. Er schlug einen Akkord und dämpfte dann den klirrenden Klang mit der Handfläche ab.

«Wollen Sie nicht singen, meine Herren – Klara zu Ehren? Also los! ‹Duftend wie ein Blümlein fein –›»

Alferoff grinste zu Klara hinüber, hob mit spöttischer Artigkeit sein Glas, lehnte sich auf seinem Stuhl zurück – wobei er fast stürzte, weil es der Drehschemel war –, und setzte dann in falschem, affektiertem Tenorgesäusel zum Singen an, aber niemand stimmte mit ein.

Gornozwetow schlug noch einen Schlußakkord und

hörte auf zu spielen. Alle im Zimmer fühlten sich unbehaglich.

«Das sind mir Sänger!» ächzte Podtjagin verzagt und schüttelte den Kopf, den er in die Hand gestützt hatte. Er fühlte sich gar nicht wohl: zu dem Gedanken an den verlorenen Paß hatte sich eine erstickende Atemnot gesellt.

«Ich dürfte eigentlich überhaupt keinen Alkohol trinken, das ist das Schlimme», sagte er düster.

«Ich habe es Ihnen ja gesagt», murmelte Klara. «Aber Sie sind wie ein kleines Kind, Anton Sergejewitsch.»

«Warum ißt und trinkt denn keiner?» fragte Kolin und trippelte mit schwingenden Hüften um den Tisch herum. Er füllte die Gläser nach. Niemand sagte ein Wort. Die Feier war offensichtlich ein Reinfall.

Ganin, der bis dahin auf dem Fensterbrett gesessen und mit einem leisen, nachdenklich-ironischen Lächeln den lila schimmernden Tisch und die seltsam angeleuchteten Gesichter betrachtet hatte, sprang plötzlich auf die Beine und lachte hell und schallend auf.

«Schenken Sie ein, Kolin», sagte er und ging zum Tisch hinüber. «Hier, Alferoff braucht noch etwas. Morgen fängt für uns ein neues Leben an. Morgen werde ich nicht mehr hier sein. Nur zu, kippen Sie's runter. Und sehen Sie mich nicht so an wie ein weidwundes Reh, Klara. Gebe ihr doch jemand noch ein bißchen Likör! Und Sie, Anton Sergejewitsch – Kopf hoch! Warum Trübsal blasen wegen eines verlorenen Passes? Sie werden schon einen anderen kriegen, einen, der noch besser ist als der alte. Sagen Sie uns doch eines von Ihren Gedichten auf. Ach ja, dabei fällt mir ein –»

«Darf ich die leere Flasche haben?» fragte Alferoff unvermittelt dazwischen, und ein lüsternes Funkeln blitz-

te in seinen freudig erregten Augen.
«Dabei fällt mir ein», wiederholte Ganin, wobei er hinter den alten Mann trat und ihm die Hand auf die weiche Schulter legte, «daß ich mich an ein paar Verse von Ihnen erinnere, Anton Sergejewitsch. ‹Vollmond – Waldrand und Fluß› – ging es nicht so?»
Podtjagin wandte sich um, blickte ihm ins Gesicht und lächelte dann gemächlich. «Haben Sie das in einem alten Kalender gefunden? Damals hat man meine Gedichte sehr gern auf Kalenderblätter gedruckt. Auf die Rückseite, über dem täglichen Kochrezept.»
«Herrschaften, Herrschaften, sehen Sie nur, was er tun will!» rief Kolin und zeigte auf Alferoff, der das Fenster aufgerissen hatte und plötzlich mit der hocherhobenen leeren Flasche in die dunkle, blaue Nacht hinaus zielte.
«Lassen Sie ihn nur», sagte Ganin lachend. «Soll er sich austoben, wenn er unbedingt will.»
Alferoffs Bart glänzte, sein Adamsapfel schwoll an und die dünnen Haare an seinen Schläfen wehten im Nachtwind. Er holte weit aus, stand so eine Weile regungslos da und stellte dann mit feierlicher Miene die Flasche auf den Fußboden.
Die Tänzer brachen in Gelächter aus.
Alferoff setzte sich neben Gornozwetow, nahm ihm die Gitarre aus der Hand und versuchte etwas darauf zu spielen. Er war einer von den Menschen, die sehr schnell betrunken werden.
«Klara blickt so ernst drein», sagte Podtjagin unter großer Mühe. «Junge Damen wie sie haben mir früher ganz rührende Briefe geschrieben. Und sie mag mich nicht einmal ansehen.»
«Trinken Sie nichts mehr, bitte», sagte Klara. Sie hatte das Gefühl, als sei ihr noch nie im Leben so elend

zumute gewesen wie jetzt.
Podtjagin brachte ein gequältes Lächeln zustande und zupfte Ganin am Ärmel: «Und hier sehen Sie den künftigen Retter Rußlands. Erzählen Sie uns etwas, Ljowuschka – wo haben Sie sich herumgetrieben, wo haben Sie gekämpft?»
«Muß das sein?» fragte Ganin mit gutwilliger Miene.
«Ja, unbedingt. Denn wissen Sie, mir ist heute so schwer ums Herz. Wann haben Sie Rußland verlassen?»
«Wann? He, Kolin. Gibt es noch was von dem klebrigen Zeug? Nein, nicht für mich – für Alferoff. So ist's recht. Schütten Sie's ihm einfach dazu.»

15

Lydia Nikolajewna lag schon im Bett. Sie hatte die Einladung der Tänzer ängstlich ausgeschlagen und schlief jetzt den leichten Schlaf einer alten Frau, durch den immer wieder, mit einem Lärm wie von riesigen Schränken voll klirrenden Geschirrs, das schwere Beben der Stadtbahnzüge lief. Hin und wieder fuhr sie aus dem Schlaf auf, und dann hörte sie undeutlich die Stimmen aus Zimmer sechs. Einmal träumte sie von Ganin und konnte im Traum nicht begreifen, wer er war und woher er kam. Auch in Wirklichkeit hatte er etwas Geheimnisvolles an sich. Und das war nicht verwunderlich: er erzählte nie jemandem von seinem Leben, von seinen Wanderschaften und seinen Abenteuern in den letzten Jahren – sogar er selbst erinnerte sich seiner

Flucht aus Rußland nur noch wie in einem Traum, einem Traum, der einem matt schimmernden Seenebel glich.
Vielleicht hatte Maschenka ihm damals, Anfang 1919, als er im Norden der Krim kämpfte, noch mehr Briefe geschrieben – wenn, dann hatte er sie nicht mehr erhalten. Die Landenge von Perekop wankte und fiel. Ganin erlitt eine Kopfverwundung und wurde nach Simferopol zurückgebracht, und eine Woche später war er, krank und kraftlos und von seiner Einheit abgeschnitten, die sich nach Feodossija zurückgezogen hatte, in den wahnwitzigen, alptraumhaften Evakuierungsstrom der Zivilbevölkerung geraten. Auf den Feldern und an den Hängen der Höhen von Inkerman, wo einst die Uniformröcke von Königin Victorias Soldaten scharlachrot im Rauch von Spielzeugkanonen geleuchtet hatten, blühte schon lieblich und ungestüm der Krimfrühling. Die milchigweiße Chaussee floß in weichen Wellen dahin, das offene Verdeck des Autos klapperte, wenn die Räder über Buckel und Schlaglöcher sprangen – und das Gefühl der Geschwindigkeit, des Frühlings, der Weite und das bleiche Grün an den Hängen ringsum verschmolzen plötzlich zu einer köstlichen Freude, die ihn vergessen ließ, daß diese beschwingte Chaussee der Weg war, der aus Rußland hinausführte.
Noch ganz erfüllt von dieser Freude kam er in Sewastopol an und stellte seinen Koffer in dem aus weißen Steinen erbauten Hotel Kist ab, wo ein unbeschreibliches Durcheinander herrschte. Und dann lief er, trunken von der dunstigen Sonne und einem dumpfen Schmerz im Kopf, an den bleichen dorischen Säulen des Portikus vorbei, die breiten Granitstufen zum Hafen

hinunter und starrte lange auf das schmelzende blaue Glitzern des Meeres, ohne nur einmal an das Exil zu denken. Dann stieg er wieder zu dem Platz hinauf, wo die graue Statue von Admiral Nachimoff stand, im langen Marinerock und mit dem Fernrohr in der Hand, und schlenderte über die staubige weiße Straße bis zur Vierten Bastion und besuchte dort das Panorama. Hinter der kreisförmigen Balustrade gab es echte alte Geschütze zu sehen, Sandsäcke und sorgsam verstreute Granatsplitter, und all dies verband sich mit dem echten, an eine Zirkusmanege erinnernden Sand zu einem weichen, taubenblauen, seltsam luftleeren Bild, das die Zuschauerplattform umschloß und durch seine fließenden Grenzen wie eine Augentäuschung wirkte.
Und so blieb ihm Sewastopol im Gedächtnis: frühlingshaft, staubig und unter dem Druck einer leblosen, traumhaften Unruhe.
Bei Nacht, an Bord, beobachtete er, wie die leeren weißen Ärmel der Scheinwerfer den Himmel ausfüllten und dann wieder an ihm herabsanken, während das schwarze Wasser im Mondlicht wie lackiert aussah und weiter draußen, im Nachtdunst, ein hellerleuchteter ausländischer Kreuzer vor Anker lag, der auf den fließenden goldenen Säulen seiner eigenen Widerspiegelung ruhte.
Er war auf einen heruntergekommenen griechischen Dampfer geraten. Das Deck war überfüllt von bettelarmen, dunkelhäutigen Flüchtlingen aus Eupatoria, wo das Schiff am Morgen angelegt hatte. Ganin richtete sich in der Offiziersmesse ein, wo die Lampe gewichtig schaukelte und auf einem langen Tisch große, zwiebelförmige Bündel aufgeschichtet waren.
Es folgten ein paar herrliche, traurige Tage auf See.

Zwei treibenden weißen Schwingen gleich umschloß der entgegenkommende Gischt alles, umschloß den Bug des Dampfers, wenn er ihn durchschnitt; und die grünen Schatten der Leute, die sich über die Reling lehnten, flimmerten weich über die hellen Hänge der Wogen hin. Die rostige Ruderkette quietschte, zwei Möwen umkreisten den Schornstein, und ihre feuchten Schnäbel blitzten wie Diamanten, wenn ein Sonnenstrahl auf sie traf. In der Nähe begann ein großköpfiger griechischer Säugling zu schreien, und seine Mutter verlor die Geduld und spuckte dem Kind ins Gesicht, so verzweifelt war sie bemüht, es zur Ruhe zu bringen. Manchmal tauchte ein Heizer an Deck auf, über und über schwarz, die Augen von Kohlenstaub gerändert, und mit einem falschen Rubin am Zeigefinger.
Derlei Kleinigkeiten – und nicht das Heimweh nach dem verlassenen Vaterland – blieben Ganin im Gedächtnis haften, als ob nur seine Augen lebendig gewesen wären und seine Seele sich versteckt hätte.
Am zweiten Tag tauchte Istanbul dunkel am orangefarbenen Abendhimmel auf und verschwand dann langsam in der Nacht, die das Schiff einholte. Bei Morgengrauen kletterte Ganin auf die Brücke: die verschwommene, dunkelblaue Küste von Skutari wurde nach und nach sichtbar. Der Widerschein des Mondes verengte sich und verblaßte. Im Osten ging das Blauviolett des Himmels in ein goldenes Rot über, und Istanbul begann schwach schimmernd aus dem Dunst hervorzutreiben. Ein seidiges Wellenband glitzerte die Küste entlang; lautlos glitt ein schwarzes Ruderboot mit einem schwarzen Fes vorüber. Jetzt wurde der Osten weiß, und eine Brise kam auf und streifte mit salzigem Kitzeln über Ganins Gesicht. Von der Küste drangen

die Klänge eines Wecksignals herüber. Zwei Möwen, so schwarz wie Raben, flogen flügelschlagend über den Dampfer hin, und mit einem Platschen wie von leichtem Regen durchbrach ein Schwarm Fische die Wasserfläche und hinterließ ein Netz von schnell verschwimmenden Ringen. Dann kam ein Leichter längsseits; sein Schatten unten auf dem Wasser streckte die Fühler aus und zog sie wieder ein. Aber erst als Ganin an Land trat und am Kai einen blaugekleideten Türken sah, der auf einem Berg von Orangen schlief – erst da empfand er mit durchbohrender Klarheit, wie weit er von der warmen Gemeinschaft seiner Heimat und von Maschenka, die er auf immer liebte, entfernt war.

All dies entfaltete sich jetzt in seinem Gedächtnis, blitzte unverbunden auf und schrumpfte wieder zu einem warmen Klumpen zusammen, als Podtjagin ihn unter großer Mühe fragte: «Vor wieviel Jahren haben Sie Rußland verlassen?»

«Vor fünf Jahren», antwortete er kurz. Und dann, als er in der Ecke saß, im schmachtend violetten Licht, das sich über die Decke auf dem Tisch in der Mitte des Zimmers ergoß und über die lächelnden Gesichter von Kolin und Gornozwetow, die schweigend und kraftvoll mitten im Zimmer tanzten, da dachte Ganin: ‹Was für ein Glück! Morgen – nein, heute, es ist ja schon nach Mitternacht. Maschenka kann sich seit damals nicht viel verändert haben, ihre Tatarenaugen lodern und lächeln bestimmt noch wie früher.› Er würde sie mitnehmen, weit weg, und würde unermüdlich arbeiten für sie. Morgen kam seine ganze Jugend, kam sein Rußland wieder zu ihm zurück.

Kolin hatte die Arme in die Seiten gestemmt, schüttelte wild den zurückgeworfenen Kopf und wirbelte mal mit gleitenden Schritten, mal mit stampfenden Absätzen und ein Taschentuch schwenkend um Gornozwetow herum, der in der Hocke tanzte und gewandt und verwegen die Beine immer schneller vorschleuderte, bis er zum Schluß in der Kniebeuge auf einem Bein um sich selbst kreiste. Alferoff war völlig betrunken und schwankte mit seliger Miene hin und her. Klara blickte immer wieder besorgt auf Podtjagins graues, schweißbedecktes Gesicht; der alte Mann saß in einer unbequem schrägen, verkrampften Haltung auf dem Bettrand.

«Ihnen geht es nicht gut, Anton Sergejewitsch», flüsterte sie. «Sie sollten sich jetzt hinlegen, es ist schon halb zwei.»

Oh, wie einfach doch alles sein würde: morgen – nein, heute noch würde er sie wiedersehen, falls Alferoff sich wirklich vollaufen ließ. Nur noch sechs Stunden. Jetzt schlief sie sicherlich in ihrem Abteil; die Telegrafenmasten flogen im Dunkeln vorüber, Kiefernwälder und Hügelketten drängten dem Zug entgegen . . . Was die beiden Burschen da für einen Lärm machten! Hörten sie denn gar nicht mehr auf zu tanzen? Ja, es war erstaunlich einfach – mitunter hatte das Wirken des Schicksals fast etwas Geniales.

«Also gut, ich ziehe mich jetzt zurück und lege mich ein bißchen hin», sagte Podtjagin matt, seufzte tief und schickte sich an, aufzubrechen.

«Wo will unser großer Meister denn hin? Halt – bleiben Sie noch ein bißchen», stammelte Alferoff vergnügt.

«Trinken Sie noch ein Glas und seien Sie still!» sagte Ganin zu Alferoff und ging dann schnell zu Podtjagin hinüber. «Stützen Sie sich auf mich, Anton Sergejewitsch.»

Der alte Mann sah ihn verschwommen an, machte eine Handbewegung, als wollte er nach einer Fliege schlagen, und plötzlich wankte er, schrie schwach auf und stürzte vornüber.
Ganin und Klara konnten ihn gerade noch rechtzeitig auffangen; die Tänzer huschten aufgeregt herum, und Alferoff, der seine schwere Zunge kaum bewegen konnte, plapperte in betrunkener Gefühllosigkeit: «Seht mal, seht mal – er stirbt.»
«Rennen Sie nicht rum, machen Sie sich nützlich, Gornozwetow», sagte Ganin ruhig. «Halten Sie seinen Kopf. Und Sie, Kolin, stützen Sie ihn hier. Nein, das ist mein Arm – höher! Gaffen Sie mich nicht so an. Höher, habe ich gesagt. Klara, machen Sie die Tür auf.»
Zu dritt trugen sie den alten Mann in sein Zimmer. Taumelnd wollte Alferoff hinter ihnen her gehen, doch dann winkte er mit schlaffer Hand ab und setzte sich an den Tisch. Mit zitternder Hand goß er sich einen Wodka ein, dann zog er aus der Westentasche eine vernickelte Taschenuhr und legte sie vor sich auf den Tisch.
«Drei, vier, fünf, sechs, sieben, acht.» Er fuhr mit dem Finger über die römischen Ziffern, hielt inne, wandte den Kopf zur Seite und saß da und beobachtete den Sekundenzeiger mit einem Auge.
Im Korridor begann der Dackel schrill und aufgeregt zu kläffen. Alferoff verzog das Gesicht. «Mieser kleiner Köter. Den sollte man überfahren.»
Nach einer Weile zog er aus einer anderen Tasche einen Kopierstift hervor und schmierte damit über der Zahl Acht einen lila Streifen auf das Uhrglas.
«Sie kommt, sie kommt, sie kommt», sagte er im Takt mit dem Ticken vor sich hin.
Er sah sich suchend auf dem Tisch um, nahm sich eine

Praline und spuckte sie sogleich wieder aus. Das braune Klümpchen klatschte gegen die Wand.
«Drei, vier, fünf, sieben.» Alferoff begann von neuem zu zählen und zwinkerte dem Zifferblatt mit einem triefäugigen, seligen Lächeln zu.

16

Es war still geworden in der nächtlichen Stadt. Der gebückte alte Mann im schwarzen Umhang war schon wieder unterwegs, er stieß seinen Stock laut auf und beugte sich mit einem Grunzen vor, wenn die Stockspitze einen Zigarettenstummel zum Vorschein brachte. Hin und wieder fuhr ein Auto vorüber, und noch seltener kam unter Hufegeklapper eine nächtliche Pferdedroschke vorbeigerumpelt. Ein Betrunkener mit einer Melone auf dem Kopf wartete an der Ecke auf die Straßenbahn, obwohl schon seit mindestens zwei Stunden keine mehr verkehrten. Ein paar Prostituierte schlenderten auf und ab, gähnten und sprachen mit zwielichtigen Herumtreibern, die ihre Mantelkragen hochgeschlagen hatten. Eines der Mädchen machte sich an Kolin und Gornozwetow heran, als die beiden fast im Laufschnitt näher kamen, aber nach einem professionellen Blick auf ihre blassen, weichlichen Gesichter wandte sie sich sogleich wieder ab.
Die Tänzer hatten es übernommen, einen russischen Arzt, den sie kannten, zu Podtjagin zu holen, und tatsächlich kehrten sie nach anderthalb Stunden in Begleitung eines schläfrig aussehenden Herrn zurück,

dessen Miene ebenso unbeweglich wie gut rasiert war. Er blieb eine halbe Stunde, gab hin und wieder einen schnalzenden Laut von sich, als ob er einen hohlen Zahn hätte, und ging dann wieder.

Jetzt war es sehr still in dem unbeleuchteten Zimmer. Es herrschte dort jene besondere, schwere, dumpfe Lautlosigkeit, die immer entsteht, wenn mehrere Menschen schweigend bei einem Kranken sitzen. Die Nacht schwand allmählich. Ganins Profil, dem Bett zugewandt, war wie aus blaßblauem Stein gemeißelt. Am Fuße des Bettes, in einem verschwommenen Sessel, der auf den Wellen der Morgendämmerung schwebte, saß Klara und blickte starr in die gleiche Richtung. Und etwas weiter weg kauerten Kolin und Gornozwetow nebeneinander auf einem kleinen Sofa, und ihre Gesichter waren nur zwei bleiche Flecken.

Der Arzt ging bereits die Treppe hinunter, hinter der schwarzen Gestalt von Frau Dorn her, die leise mit dem Schlüsselbund klirrte und um Entschuldigung dafür bat, daß der Aufzug nicht funktionierte. Unten schloß sie die schwere Eingangstür auf, und der Doktor lüftete den Hut und schritt in den bläulichen Morgendunst hinaus.

Die alte Frau schloß die Tür wieder sorgfältig ab, zog den schwarzen, gestrickten Schal noch fester um sich und stieg wieder hinauf. Die Treppe wurde von kaltem gelbem Licht beleuchtet. Die Schlüssel klirrten leise, und sie erreichte den Absatz. Das Licht im Treppenhaus erlosch.

In der Diele traf sie mit Ganin zusammen, der aus Podtjagins Zimmer kam und vorsichtig die Tür hinter sich zuzog.

«Der Doktor hat versprochen, daß er am Vormittag

wiederkommt», flüsterte die alte Frau. «Wie geht es ihm jetzt – besser?»
Ganin zuckte die Achseln. «Ich weiß nicht. Aber ich glaube nicht. Wenn man hört, wie schwer er atmet – das klingt beängstigend.»
Lydia Nikolajewna seufzte und trat schüchtern ins Zimmer. Klara und die Tänzer wandten ihr mit der gleichen Bewegung die blaß glänzenden Augen zu und starrten dann wieder auf das Bett. Der Wind rüttelte an dem Rahmen des halbgeöffneten Fensters.
Ganin ging auf Zehenspitzen durch den Korridor und kehrte in das Zimmer zurück, in dem vor kurzem die Feier stattgefunden hatte. Wie erwartet saß Alferoff immer noch am Tisch. Sein Gesicht war gedunsen und schimmerte grau im Zwielicht der Morgendämmerung und der theatralisch verhängten Lampe. Er döste vor sich hin und rülpste ab und zu. Auf dem Uhrglas vor ihm blitzte ein Tropfen Wodka, in dem die lila Spur von einem Kopierstift langsam zerfloß. Nur vier Stunden noch.
Ganin setzte sich neben den betrunkenen, schläfrigen Mann und starrte ihn lange an, runzelte seine dichten Brauen und stützte die Schläfe auf die Faust, wodurch seine Haut sich spannte und das eine Auge wie ein Schlitzauge aussah.
Plötzlich zuckte Alferoff zusammen und wandte sich ihm langsam zu.
«Ist es nicht an der Zeit, ins Bett zu gehen, mein lieber Alexej Iwanowitsch?»
«Nein», brachte Alferoff mühselig heraus, und nach einigem Nachdenken wiederholte er, als ob er ein schwieriges Problem gelöst hätte: «Nein.»
Ganin knipste das unnötige Licht aus, holte sein Ziga-

rettenetui hervor und zündete sich eine Zigarette an. Von der Kälte der bleichen Morgendämmerung oder auch vom Tabaksgeruch schien Alferoff etwas nüchterner zu werden.
Er rieb sich mit der flachen Hand die Stirn, sah um sich und streckte mit einer ziemlich sicheren Bewegung die Hand nach einer Flasche aus.
Aber auf halbem Weg hielt er inne, schüttelte den Kopf und sagte mit einem schlaffen Lächeln zu Ganin: «Nein, lieber nichts mehr davon – Maschenka kommt.»
Nach einer Weile packte er Ganin am Arm. «He, Sie, wie heißen Sie doch? – Leb Lebowitsch – hören Sie zu – Maschenka –»
Ganin blies den Zigarettenrauch vor sich hin und sah Alferoff unverwandt ins Gesicht. Mit einem Blick nahm er alles in sich auf: den nassen, halb offenen Mund, den kleinen, stallmistfarbenen Bart, die wäßrigen, blinzelnden Augen.
«Hören Sie, Leb Lebowitsch –» Alferoff schwankte und hielt sich an Ganins Schulter fest. «Im Augenblick bin ich blau, stockbetrunken, voll wie eine Haubitze. Die haben mir dauernd nachgeschenkt, zum Teufel mit ihnen – aber nein, das war's gar nicht – ich wollte Ihnen von dem Mädchen erzählen –»
«Sie müssen erst einmal ordentlich schlafen, Alexej Iwanowitsch.»
«Es gab da nämlich ein Mädchen, wie gesagt. Nein, ich red nicht von meiner Frau – meine Frau ist rein und unbefleckt – aber ich war nun schon so viele Jahre ohne meine Frau. Und da bin ich vor kurzem – nein, es ist schon ziemlich lange her – ich weiß nicht mehr, wann – da hat mich ein Mädchen mit zu sich raufgenommen. Ein kleiner Rotfuchs – welch ein Schmutz – und doch

köstlich. Und jetzt kommt Maschenka. Begreifen Sie, was das bedeutet? Können Sie das begreifen, oder nicht? Ich bin betrunken, ich kann nicht mal auf – aufrech – aufrechtgehen mehr sagen, und gleich wird Maschenka hier sein. Warum mußte das alles so kommen? Wie? Ich hab dich was gefragt! Du, du verdammter Bolschewik! Kannst du mir sagen, warum?»
Ganin schob mit einer leichten Bewegung die Hand von seiner Schulter. Alferoff nickte mit dem Kopf und beugte sich über den Tisch; dabei rutschte sein Ellbogen weg, schob das Tischtuch zusammen und stieß die Gläser um. Die Gläser, eine Untertasse und die Uhr fielen zu Boden.
«Ins Bett», sagte Ganin und zog ihn mit einem Ruck auf die Beine.
Alferoff leistete keinen Widerstand, schwankte aber so stark, daß Ganin ihn nur mit Mühe in die richtige Richtung steuern konnte.
Als er sich endlich in seinem eigenen Zimmer wiederfand, grinste er breit und schläfrig und ließ sich langsam aufs Bett sinken. Plötzlich glitt Entsetzen über seine Züge.
«Der Wecker», murmelte er und setzte sich auf. «Leb, da drüben, auf dem Tisch, der Wecker – stell ihn auf halb acht.»
«Schon recht», sagte Ganin und begann den Zeiger zu drehen. Er stellte ihn auf zehn Uhr, überlegte es sich anders und stellte ihn auf elf.
Als er sich wieder nach Alferoff umsah, lag dieser bereits in tiefem Schlaf – flach auf dem Rücken, und die eine Hand sonderbar zur Seite geworfen.
So schliefen in russischen Dörfern die betrunkenen Landstreicher. Den ganzen Tag über waren in der flim-

mernden, schläfrigen Hitze hochbeladene Karren vorbeigeschaukelt und hatten die Chaussee mit Heubüscheln bestreut – und der Landstreicher war lärmend seines Wegs getaumelt, hatte Sommerfrischlerinnen belästigt, sich dröhnend auf die Brust geschlagen und verkündet, er sei der Sohn eines Generals, bis er schließlich seine Schirmmütze auf den Boden geklatscht und sich bäuchlings mitten auf die Straße gelegt hatte, wo er so lange liegen blieb, bis ein Bauer von seinem Heuwagen heruntergeklettert war und ihn an den Straßenrand gezerrt hatte, ehe er weiterfuhr. Und dann lag der Landstreicher, das bleiche Gesicht zur Seite gewandt, wie ein Toter am Rand des Straßengrabens, während die großen grünen Heuberge schaukelnd und süß duftend an ihm vorbei durch die fleckigen Schatten der blühenden Linden glitten.
Ganin stellte den Wecker lautlos auf den Tisch und stand noch lange da und betrachtete den Schlafenden. Dann klimperte er mit dem Kleingeld in seiner Hosentasche, wandte sich ab und ging leise hinaus.
In dem düsteren kleinen Bad neben der Küche waren unter einem Stück Strohmatte Briketts aufgeschichtet. Die Scheibe des schmalen Fensters hatte ein paar Sprünge, an den Wänden liefen gelbe Schmutzstreifen entlang, und über der schwarzen, abblätternden Badewanne krümmte sich der blecherne Duschkopf wie eine Peitsche von der Wand weg. Ganin zog sich ganz aus und streckte ein paar Minuten lang seine kräftigen weißen, von blauen Äderchen überzogenen Arme und Beine. Seine Muskeln knackten und spielten. Sein Brustkasten wogte in tiefen, gleichmäßigen Atemzügen. Dann drehte er den Hahn der Dusche auf und stellte sich unter den eisigen, fächerförmigen Strahl, und sein Inne-

res krampfte sich angenehm straff zusammen.
Als er sich wieder angezogen hatte, prickelte es ihm heiß über den ganzen Körper. Möglichst geräuschlos schleppte er seine Koffer in die Diele hinaus und sah auf die Uhr. Es war zehn vor sechs.
Er legte Hut und Mantel auf die Koffer und schlüpfte noch einmal in Podtjagins Zimmer.
Die Tänzer waren, eng aneinandergelehnt, auf dem Sofa eingeschlafen. Klara und Lydia Nikolajewna beugten sich über den alten Mann. Seine Augen waren geschlossen, und das Gesicht hatte die Farbe trockenen Lehms und verzerrte sich ab und zu in zuckendem Schmerz. Draußen war es fast schon hell. Die Stadtbahnzüge rumpelten schläfrig durch das Haus.
Als Ganin an das Kopfende des Bettes trat, schlug Podtjagin die Augen auf. Einen Moment lang fand sein Herz in dem Abgrund, in den er immer tiefer fiel, einen schwachen Halt. Da war noch so vieles, was er sagen wollte – daß er nun nie mehr nach Paris kommen und erst recht die Heimat nicht mehr wiedersehen würde, daß sein ganzes Leben stumpf und fruchtlos gewesen sei und daß er nicht wisse, warum er gelebt habe und warum er sterbe. Er rollte den Kopf zur Seite, sah Ganin verblüfft an und murmelte: «Sehen Sie – ohne jeden Paß.» Ein Anflug von Heiterkeit verzog seine Lippen. Dann verlor sich sein Blick wieder, und abermals sog ihn der Abgrund hinunter, der Schmerz bohrte sich wie ein Keil in sein Herz – und Luft zu atmen schien eine unaussprechliche, unerreichbare Seligkeit zu sein.
Ganin umklammerte die Bettkante mit seiner starken weißen Hand, sah in das Gesicht des alten Mannes, und wieder kamen ihm jene flackernden, schattenhaften

Doppelgänger in den Sinn, jene zufälligen russischen Filmstatisten, die sich für zehn Mark pro Stück verkauft hatten und immer noch, Gott weiß wo, über hellschimmernde Leinwände flimmerten. Er dachte daran, daß Podtjagin trotz allem etwas hinterlassen hatte: wenigstens die zwei blassen Verszeilen, die für ihn, Ganin, zu solch einer warmen, unsterblichen Lebendigkeit erblüht waren – auf die gleiche Weise wie ein billiges Parfüm oder die Ladenschilder in einer altvertrauten Straße uns teuer werden. Einen Augenblick lang sah er das Leben in seiner ganzen erregenden Schönheit, die aus Verzweiflung und Glück bestand, und alles kam ihm plötzlich erhaben und sehr geheimnisvoll vor – seine eigene Vergangenheit, Podtjagins Gesicht, wie es von blassem Licht übergossen war, der unscharfe Widerschein des Fensterrahmens auf der blauen Wand und die beiden Frauen in dunklen Kleidern, die reglos neben ihm standen.

Klara bemerkte erstaunt, daß Ganin lächelte, und sie konnte es nicht begreifen.

Lächelnd faßte er nach Podtjagins Hand, die auf der Bettdecke lag und kaum noch zuckte, und dann richtete er sich auf und wandte sich Frau Dorn und Klara zu.

«Ich reise jetzt ab», flüsterte er. «Ich glaube nicht, daß wir uns wiedersehen. Grüßen Sie doch die Tänzer von mir.»

«Ich komme mit an die Tür», sagte Klara ebenso leise und fügte hinzu: «Die Tänzer sind auf dem Sofa eingeschlafen.»

Und Ganin ging aus dem Zimmer. Im Flur nahm er seine Koffer und warf sich den Regenmantel über die Schulter. Klara öffnete ihm die Tür.

«Vielen Dank», sagte er und schob sich seitlich auf den

Treppenabsatz hinaus. «Alles Gute.»
Einen Augenblick lang zögerte er. Schon tags zuvor war ihm flüchtig durch den Kopf gegangen, er müsse Klara vielleicht doch noch erklären, daß er nie die Absicht gehabt hatte, Alferoff Geld zu stehlen, sondern daß er nur ein paar alte Fotografien angesehen hatte; doch jetzt konnte er sich nicht mehr darauf besinnen, was er ihr eigentlich hatte sagen wollen. So verbeugte er sich nur noch einmal und ging dann ohne Hast die Treppe hinunter. Klara hielt die Türklinke und sah ihm nach: er trug seine Koffer wie zwei Eimer, und seine schweren Schritte hallten auf den Stufen wie ein langsamer Herzschlag. Lange nachdem er hinter der Biegung des Treppengeländers verschwunden war, stand sie noch immer da und lauschte diesem regelmäßigen, leiser werdenden Pochen. Dann schloß sie die Tür, blieb einen Augenblick in der Diele stehen und wiederholte mit lauter Stimme: «Die Tänzer sind auf dem Sofa eingeschlafen.» Und plötzlich brach sie in ein lautloses, heftiges Schluchzen aus, während ihr Zeigefinger auf und ab über die Wand strich.

17

Die dicken, schweren Zeiger auf dem riesigen weißen Zifferblatt, das von einem Uhrmacherschild aus über den Bürgersteig ragte, zeigten auf 6 Uhr 36. In dem schwachen, immer noch nächtlich kalten Blau des Himmels begann sich erst ein einziges Wölkchen rosa zu färben, und seine längliche, schmale Gestalt hatte etwas Unirdisch-Graziöses. Die Schritte der Unglückseligen, die zu dieser Stunde schon auf und unterwegs sein mußten, hallten in der leeren Luft mit ungewöhnlicher Klarheit wider, und in der Ferne schimmerte ein fleischfarbener rosa Schein auf den Straßenbahnschienen. Ein Handwagen mit riesigen Sträußen von Veilchen, die nur zur Hälfte von einer groben, gestreiften Plane bedeckt waren, rollte langsam am Bürgersteig entlang. Der Blumenhändler half seinem großen, rothaarigen Hund beim Ziehen. Mit hängender Zunge legte sich das Tier ins Geschirr und spannte jeden seiner dem Menschen ergebenen sehnigen Muskeln aufs äußerste an.

Von den schwarzen Zweigen einiger Bäume, die gerade erst langsam ergrünten, flatterte ein Spatzenschwarm mit luftigem Rascheln davon und ließ sich auf dem schmalen Sims einer hohen Ziegelmauer nieder.

Die Läden schliefen noch hinter ihren Eisengittern, und die Häuser wurden nur ganz oben von der Sonne beleuchtet; doch niemand wäre auf den Gedanken gekommen, daß es Abend sei, und nicht früh am Morgen. Denn die Schatten liefen in der falschen Richtung und bildeten Muster, die auf ein Auge, das an abendliche Schatten gewöhnt und mit denen der Morgendämmerung nicht vertraut war, unerwartet wirkten.

Alles schien verkehrt, verzerrt, verwandelt wie in einem Spiegel. Und so wie die Sonne höher stieg und die Schatten sich auf ihre gewohnten Plätze verteilten, wurde im nüchternen Licht des Tages auch die Welt der Erinnerungen, in der Ganin gelebt hatte, wieder zu dem, was sie in Wirklichkeit war: zu ferner Vergangenheit.

Er sah sich um und erblickte am Ende der Straße die

sonnenhelle Ecke des Hauses, in dem er eben noch seine Vergangenheit wiedererlebt hatte, und in das er nie mehr zurückkehren würde. Das Entschwinden eines ganzen Hauses aus seinem Leben hatte etwas wunderbar Geheimnisvolles.

Die Sonne stieg immer höher, und die Stadt hielt Schritt und erhellte sich; die Straßen erwachten zum Leben und verloren ihren seltsamen schattigen Zauber. Ganin ging mitten auf dem Bürgersteig, ließ die vollgestopften Koffer sachte schwingen und überlegte, daß er sich schon lange nicht mehr so gesund, kräftig und unternehmungslustig gefühlt hatte. Und der Umstand, daß er mit einem Male alles mit neuen, liebenden Augen betrachtete – die Karren auf dem Weg zum Markt, die zarten, erst halb entfalteten Blätter, die bunten Plakate, die ein Mann mit einer großen Schürze rund um einen Kiosk aufhängte – gerade das war für ihn eine geheime Wende, ein Erwachen.

In dem kleinen Park in der Nähe des Bahnhofs machte er halt und setzte sich auf dieselbe Bank, wo er sich vor so kurzer Zeit erst an seinen Typhus, an das Landhaus und an seine Vorahnung von Maschenka erinnert hatte. In einer Stunde würde sie ankommen. Ihr Mann schlief wie ein Toter, und er, Ganin, war im Begriff, sie zu empfangen.

Aus irgendeinem Grund fiel ihm plötzlich ein, wie er zu Ludmilla gegangen war, um ihr Lebewohl zu sagen, und wie er dann ihr Zimmer verlassen hatte.

Hinter dem Park wurde ein neues Haus gebaut: er sah das gelbe, hölzerne Balkenwerk – das Skelett des Daches, das teilweise schon mit Ziegeln gedeckt war.

Trotz der frühen Stunde war die Arbeit bereits in vollem Gange. Die Gestalten der Arbeiter auf dem Dachstuhl hoben sich blau gegen den Morgenhimmel ab. Einer von ihnen lief so leicht und frei über den Firstbalken, als wollte er im nächsten Augenblick davonfliegen. In der Sonne leuchtete das Holz wie Gold, und zwei Arbeiter dort oben reichten einem dritten Dachziegel zu. Sie lagen auf dem Rücken, in einer Reihe, einer über dem anderen, wie auf einer Treppe. Der unterste Mann hob die rote Platte wie ein großes Buch über seinen Kopf hinweg nach oben, der mittlere nahm den Ziegel entgegen und lehnte sich mit derselben Bewegung ganz nach hinten zurück, streckte die Arme aus und gab ihn an den Arbeiter oben weiter. Dieser langsame, regelmäßige Ablauf wirkte seltsam beruhigend; der gelbe Glanz des frischen Holzes war lebendiger als der lebendigste Traum von der Vergangenheit. Als Ganin durch das Skelett des Daches in den hellen Himmel hinaufsah, wußte er mit unerbittlicher Klarheit, daß seine Liebesgeschichte mit Maschenka für immer zu Ende war. Nur vier Tage hatte sie gedauert – vier Tage, die vielleicht die glücklichsten seines Lebens waren. Aber jetzt hatte er seine Erinnerung bis zur Neige ausgeschöpft, und sein Bild von Maschenka blieb nun, zusammen mit dem des alten sterbenden Dichters, im Haus der Gespenster zurück, das selbst schon Erinnerung war.

Außer diesem Bild gab es keine andere Maschenka; konnte es keine geben.

Er wartete bis zu dem Augenblick, als der Schnellzug aus dem Norden langsam über die eiserne Brücke rollte, weiterfuhr und hinter der Bahnhofsfassade verschwand.

Dann nahm er seine Koffer, winkte ein Taxi heran und sagte dem Chauffeur, er solle ihn zu einem Bahnhof am anderen Ende der Stadt fahren. Er wählte einen Zug, der eine halbe Stunde später in den Südwesten von Deutschland fuhr, gab für die Fahrkarte ein Viertel seines gesamten Vermögens aus und dachte mit freudiger Erregung daran, wie er ohne ein einziges Visum über die Grenze gehen würde. Und hinter der Grenze lag Frankreich, die Provence und schließlich – das Meer.

Als der Zug sich in Bewegung setzte, vergrub er das Gesicht in den Falten seines Regenmantels, den er an einen Haken über der Holzbank gehängt hatte, und nickte ein.

Vladimir Nabokov

Das Bastardzeichen
Roman. Deutsch von Dieter E. Zimmer.
286 Seiten. Gebunden

Das Wahre Leben des Sebastian Knight
Roman. Deutsch von Dieter E. Zimmer
232 Seiten. Gebunden

Durchsichtige Dinge
Roman. Deutsch von Dieter E. Zimmer.
156 Seiten. Gebunden und als
rororo 5756

Einladung zur Enthauptung
Roman. Deutsch von Dieter E. Zimmer.
214 Seiten. Gebunden und als
rororo 1641

Fahles Feuer
Roman. Deutsch von Uwe Friesel.
342 Seiten. Gebunden

Lushins Verteidigung
Roman. Deutsch von Dietmar Schulte.
264 Seiten. Gebunden

Maschenka
Roman. Deutsch von Klaus Birkenhauer.
160 Seiten. Gebunden und als
rororo 4817

Die Mutprobe
Roman. Deutsch von Susanna Rademacher.
256 Seiten. Gebunden und als
rororo 5107

Sieh doch die Harlekins!
Roman. Deutsch von Uwe Friesel.
279 Seiten. Gebunden

RV rororo

C 2273/1

Vladimir Nabokov

Der Späher
Roman. Deutsch von Dieter E. Zimmer.
128 Seiten. Gebunden

Sprich, Erinnerung, sprich
Wiedersehen mit einer Autobiographie.
Deutsch von Dieter E. Zimmer.
320 Seiten mit 17 Abbildungen. Gebunden

Ada oder Das Verlangen
Aus den Annalen einer Familie.
Deutsch von Uwe Friesel und
Marianne Therstappen.
580 Seiten. Gebunden und als
rororo 4032

Verzweiflung
Roman
rororo 1562

Lolita
Roman. Deutsch von Helen Hessel unter
Mitarbeit von Maria Carlsson, Kurt
Kusenberg, Heinrich Maria Ledig-Rowohlt
und Gregor von Rezzori.
(Sonderausgabe)
448 Seiten. Gebunden und als
rororo 635

Frühling in Fialta
Erzählungen
rororo 4975

Der schwere Rauch
Gesammelte Erzählungen
Herausgegeben von Dieter E. Zimmer,
Wassilij Berger, René Drommert und
Renate Gerhardt.
351 Seiten. Gebunden

Vladimir Nabokov
dargestellt von Donald E. Morton
rowohlts monographien 328

ro ro ro

C 2273/1a

D. H. Lawrence

Lady Chatterley
Sonderausgabe zum Film
352 Seiten. Gebunden und als
rororo 1638

Verliebt
Gesammelte Erzählungen. Sonderausgabe
428 Seiten. Gebunden (Erzählerbibliothek)

Liebende Frauen
Roman
rororo 929

Söhne und Liebhaber
Roman
rororo 4212

Auf verbotenen Wegen
Roman
rororo 5135

Der Regenbogen
Roman
rororo 5304

rororo

C 83/16